徐晉如 著

詩詞入門

中華書局

图书在版编目 (CIP) 数据

诗词入门/徐晋如著. —北京:中华书局,2021.4(2025.4 重印)
ISBN 978-7-101-15109-1

Ⅰ.诗⋯　Ⅱ.徐⋯　Ⅲ.诗词-创作方法-中国　Ⅳ.I207.21

中国版本图书馆 CIP 数据核字(2021)第 043204 号

书　　名	诗词入门	
著　　者	徐晋如	
封面题签	牛　子	
责任编辑	林玉萍	
责任印制	陈丽娜	
出版发行	中华书局	
	(北京市丰台区太平桥西里 38 号　100073)	
	http://www.zhbc.com.cn	
	E-mail:zhbc@zhbc.com.cn	
印　　刷	三河市鑫金马印装有限公司	
版　　次	2021 年 4 月第 1 版	
	2025 年 4 月第 7 次印刷	
规　　格	开本/880×1230 毫米　1/32	
	印张 9⅜　插页 2　字数 190 千字	
印　　数	28001-31000 册	
国际书号	ISBN 978-7-101-15109-1	
定　　价	39.00 元	

目 录

序

2020年的春天，所有的计划都被打乱了。因为不便出门，居家的日子除了办公，便也成就了许多举炊烹饪的时刻。美食滋润舌尖，文字温暖心灵，因为决意要做与众不同的"煮"妇，所以耳目所及之处的音频和视频必须是有意义的，《晋如说宋词》和《徐晋如：中小学古诗文同步精讲》就成为我们母子在这个春天的佳伴。在烟火缭绕的灶旁、在徐徐行进的车里，听着晋如兄不紧不慢地讲解和吟诵，化解了疫情带给内心的阵阵阴翳，在旦暮渐暖的春色中想象草长莺飞抒发思古幽情。

对晋如兄的印象还停留在我们曾经同事的短暂时光里，1997–1998年，21岁的晋如在我任职的中华读书报社短暂实习过。那时，我并不知道，他是全国自1952年院系调整以来，惟一一位在本科期间读过清华和北大的学子。在北京城南虎坊桥附近我们报社的老办公楼里，我和晋如偶尔会碰面，那时的他，总身着一袭长衫，特有的苏北人的温润口音，脸很有棱角，眼神明澈清亮，眉宇间隐逸着些许清绝冷傲。人非常有礼貌，见面时必先称一句"师姐"，尽管从未和这位学弟在燕园有过交集，但听来很觉温暖。他身上沉潜着的旧式文人的古雅气韵令人印象深刻。

再联络时，已是十几年后。

2016年冬，我的同事王洪波兄递过来一本书——《长相思：与唐宋词人的十三场约会》，说是晋如的新作。翻开书，特别惊喜地看到，当年那个爱穿长衫的青年，他的深邃思想和卓越才华在这十三场对唐宋词人的解说中涓涓流淌，深信他一定在很多个时刻，确与那些爱欲纠缠的灵魂相遇在唐宋。在书中，他看似闲情逸致、信手拈来，实则厚积薄发、严谨不苟地表达着诗词动人的力量。他款款地以当世词人的柔软和温度将这些美好相遇诉与更多人知晓，每每读之，都极富画面感。无论是从每个字的古发音、到韵脚的抑扬，还是温飞卿、柳三变、南唐二主的人生际遇，让人唏嘘感慨的是原来在中国古人考究华丽的文辞里，才子多厄，自古皆然。我更想探究的，也许还有，他们或清雅或凄美的人生故事里藏着的那一颗颗孤寂的灵魂。

又是一年多后，晋如开始在我编辑的国学版上撰写"怎样学写古诗词"专栏，前后刊载约一年至2019年岁末，就是本书的前身。最初只当是隔周一次的工作，后来变成两周一次的盼望与学习。晋如以一种了然于胸的自信与从容，字字珠玑地展示着诗词的无穷魅力。不同于面对深圳大学的课堂和《晋如说儒》的讲坛，看得出，这一年的专栏文章晋如是费了一番巧心思的，从平仄到音律到意境，再到文章的可欣赏性和读者的不同层次，他都悉心周全地考量。晋如下笔行文，陈义高雅，且不失轻松活泼，说诗论词，深入透彻，而又浅近明白，备见功力。他本身就是一位优秀的诗家词人，深明诗词创作的甘苦，故能将好诗好词何以产生，讲得明白简易，启人至深。相对于时下坊间那些敷浅从俗的讲述诗词作法的书籍，本书更实用、更易学，也更好读。

在熟知他的师长辈眼里，晋如是天才英发的思想家。在传统文化爱好者眼中，晋如是才华罕有其匹的杰出诗人、词人。他对古文和骈体文的熟稔程度堪比凡人之于白话。晋如说过："'诗人'一词，不是在形容一种职业，而是在形容一种人格。"尽管已坐拥百万追随者，晋如仍用他无限的深情与志趣丰满着这种人格。他研究昆曲、京剧，临摹汉碑，在课业的选择上逐梦名师，一切以"热爱"为鹄的，凡事只从心唤，鄙弃功利。今年初《徐晋如：中小学古诗文同步精讲》在喜马拉雅上线，开播几个月后依然是免费的，晋如说因为疫情的原因，这个期间都不收费的。在出尘脱俗的诗心之外，晋如还拥有一份入世的慈悲。

晋如是一个非常敬重师道的人，雅望清标，他对他的授业恩师，对每一位在他的学术道路上提点过他的老师们都心存感激。他也毫不吝啬地把这份传统延续到他的为师之道中。听晋如解析古诗词，会被他的音色、他的才情点染，会感受到一种冷眼热心的对历史的关照与深耕。依然爱穿长衫的晋如，像一位布道者，又像一位修复师，不疾不徐地打捞和拼接着那些渐去渐远的精华碎片。月前看他新著《国文课》的两章"李杜文章在，光焰万丈长"，总有振聋发聩之声。再看他新近写的《庚子春词》，总有霁月清风之感。被他多年的坚持与努力深深打动，亦为他恪守独立学术的清流品格深深折服。

"残萼不离枝上老，怜他红死红生""数武高杨吹作海，半规春月淡于星"，被今日词人引领着，随他的妙笔感受华章中的涅槃寂静，是于当下让喧嚣的心澹泊下来的一种优雅方式……

红　娟

庚子仲夏

为什么要学写诗词

　　中国是诗的国度，中国古代没有文人不会作诗，一部中国文学史，几乎可以和中国诗的历史画上等号。

　　新文化运动以后，为着与西方接轨，古代白话小说的地位忽然被抬得极高，但在这些小说创作出来的时候，不要说当时的文人，不要说当时的社会一般舆论，就是作者自己，也大抵不拿它们当回事。这些作者无不对自己的诗词创作敝帚自珍，认为只有诗词才是可以传之千古的不朽之物。

　　中国诗的地位之所以如此崇高，并不是出诸朝廷的政令、皇帝的意旨，而有其深沉的文化原因。

　　孔子说过："古之学者为己，今之学者为人。"为己的学者，求学问道是为了自己人格的完善；为人的学者，没有向道之心、希贤希圣之志，问学是为了功名利禄，求知是为了飞黄腾达。学问为己不为人，这一思想极深刻地影响了中国人，以致传统中国的一切学问，无论经学、诸子、史学、文学，必示人以安心立命之方，必要让人学成大人君子。

人类内心的情感，通过精妙的语言、动听的声韵而真诚地表达出来，就是诗。诗必须依赖于真实的情感，最作不得伪，写诗是最为己的学问实践，这是中国文学最重视诗的根本原因。

孔子曾经教育儿子孔鲤及群弟子要学好诗，因为诗可以感发性情，可以观察民风民情，可以让人合群，可以表达心中的怨悱之情，诗能培养出一种温柔敦厚的性情，持有这样性情的人，无论是在家尽孝，还是出来做事尽忠，都会应付裕如。至不济，诗还可以让人多认识一些鸟兽，多分辨一些草木。

孔子所说的诗，当时仅指《诗经》，但流传到后世的中国诗词的精粹，都可作如是观。诗词是中国古代文人美好心灵的展示，一个品行卑污的人，不可能成为优秀的诗人词人。偶有人品不足而诗词尚可流传的，至少他们在写诗填词的瞬间，心灵还是纯净的美好的。

读诗学诗，便是与往圣先贤交朋友，便是在倾听那些美好的灵魂的吟唱。学写诗词，更是学习往圣先贤的君子人格的过程。

儒家的经典《礼记》里有一篇是《学记》，专讲学习的问题。文中说道，任何学问都必须要进入到实践的层面，才算是真能学得通透。比如不学弹奏古琴，就不能真切地理解音乐的原理；不学各色服制如何穿着，就不能掌握礼仪；不学用精美的语言来打比方，也就不能学到《诗经》的真义。所谓"不兴其艺，不能乐学"。

倘使学一门学问，只是被动地接受老师的讲解、书本的指引，而没有经过自身的实践体悟，既不会对这门学问产生真正的热爱，更不会对这一门学问有着真切的掌握，学问和你的生命成长、人格完成漠不相干。

不少中文系研究诗词的教授，本身却一句优美的诗句都吟不出来，只好把鲜活的万古常新的诗词当作尸体去解剖，这是何等可悲的事呢？

诗词是中华文化的瑰宝，当代社会即使存在着对国学、儒学有不同意见的人士，也大抵愿意让孩子从小背诵诗词的。但光是背诵而不仿作，便如习字而不肯临帖，没有实践的经验、切身的体会，很难领略诗词的精妙幽微，难以分辨庸情劣韵与天才的高蹈深沉之作孰高孰下。正如没有临过帖的书法爱好者，总是容易对甜俗酸丑的字产生好感，却对高古质朴的书法敬谢不敏。

今天无论是在大学中文系里，还是在中小学语文课上，学生都很难学到诗词写作的基本要求、基础技巧。大学中文系的主干课程是文学史，这种教育方式完全从西方舶来，看起来很成体系，洋洋大观，实际上却把我们中国人的精神血脉和中国文学的主流割裂了。

唐宋人写诗填词，唐宋以后元人、明人、清人仍然写诗填词，他们都没有学过文学史，但传统却能代代相传，薪火不绝。直到今天，台湾和香港地区的大学中文系，也大都不开设文学史课程，而是开设《诗选与诗的写作》《词选与词的写作》《文选与文的写作》《曲选与曲的写作》这四门主干课程。

我总以为，诗词写作应该成为中文系毕业生的必备技能。现在是老师既不教，学生也不会，中文系毕业生对传统文化就只有浅薄的认知，不能生出对文化传统的衷情挚爱。从事中国文学研究的博士、教授们，把中国文学做得越来越像历史学、社会学，乃至引入数据统计，把文学研究变成纯粹的科学研究。原因就在于，他们自己不懂创作，也就无法从审美的角度去体悟文学，更不要说通过文学去变化气质、滋养心灵了。

有些中小学语文教师没有创作实践，不能很好地向学生揭示诗词之美，只好把分析白话文的一套公式拿来套诗词。教师讲得辛苦，学生听得昏昏欲睡，这样的教育究竟是成功还是失败呢？

所以，无论是为了自己的人格成长，还是为了对诗词之道的真切理解，都该一面读，一面写。读是为了写得更好，写是为了读出佳美绵长之味，这才能真的懂得诗词，也才能让诗词滋养生命。

学"写"诗词，这个说法很尴尬。其实一直到20世纪80年代，人们说"学诗词"就是指学习诗词的写作。天津一群老诗人、老词人办过一份内部发行的杂志，就叫《学诗词》。可悲的是，现在的学校教育离着传统精神太远，普通人完全不晓得，中国一切学问都是要"学而时习"的。没有下过一番实践体悟之功，绝不可能真的领略一门学问的妙境。我们常看到一些明星学者在电视镜头前夸夸其谈，大讲诗词的大美大爱，可总也搔不着痒

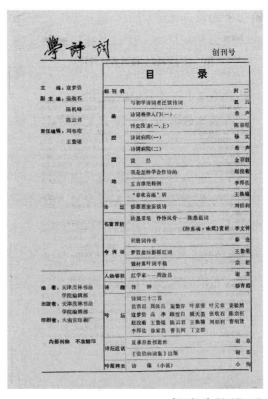

《学诗词》创刊号目录

处，便是因缺少实践。自身对诗词的体悟是肤浅的，谈诗论词只能浮光掠影，浅入浅出，动摇不了人心。

学诗词对心灵最有益。如果说数学是思维的体操，诗词就是情感的体操。

学诗词首先会让你成为一个真诚不妄的人。一个人如果乏诚欠真，对自己、对世界都苟且了事，写不出好的诗词作品。

历史上的诗词大家，无不秉其忠厚之心，才能成就其文学的不朽。学诗词的过程，就是操练情感的过程，让人去其鄙吝，成其忠厚。诗词都要求雅求美，不主张偏激暴戾，学诗词的人也就必然趋向于温柔敦厚的性情。

诗词创作的高下，在很大程度上依赖于诗人词家的创造力的高下。

学诗词可以训练想象力和语言的组织能力，易于培养出具有创造性思维的人。古人所谓的"诗家语"，其实就是最精切、最美丽也最活泼的语言。学写诗词，是要求自己追求"诗家语"，这必然会让人思维更活泼，语言更精炼。很难想象，一个能写出精妙的诗句的作者，会是一个头脑僵化、语言乏味的人。相反，学写诗词自能让人遇事灵活、语言切当。

诗词创作能力，是一个人传统文化水平的最直观的体现。

人常说字是一个人的第二张脸，写得一手漂亮的书法肯定会加分。但世上既然有样貌俊美的绣花枕头，当然也就有腹内空空的书法艺匠。而从一个人所作的诗，所写的词，乃至他所撰写的对联，是真正能看出一个人的国学素养的。因为除了极少数的天才，诗词联不要说写得好，就单是写得像样，一般都需要具有相当程度的国学知识。

在传统时代，能作诗，会写古文，是对每一个读书人最基本的要求。清代名臣曾国藩认为，中国的学问分为三大类，分别是义理、考据、辞章。诗词创作属于辞章之学，古人把辞章之美称为辞华，华就是花，能作好诗词，便如一株树木开出了美丽的花朵，自然生意盎然。

正是：

侬家自有麒麟阁，第一功名只赏诗。

好诗都被唐人做完了吗

　　鲁迅先生有一段名言，经常被反对青年学写诗词的人士引用："我以为一切好诗，到唐已被做完。此后倘非能翻出如来掌心之齐天大圣，大可不必动手。"（1934年12月20日致杨霁云函）且不说这番话是鲁迅在杨霁云来信盛赞他的诗作后的自谦之辞，一切好诗到唐已被做完的观念，本身就是错误的。

　　文学史上说"诗至唐而盛"，本来没有错，但只是指以下几点：

　　（一）唐代各种诗的体裁都已完备，无论是三言、四言、五言、六言、七言还是杂言，不管是乐府、古风还是近体诗，都有蓬勃的发展；

　　（二）唐诗包含了各种可能的风格，包蕴着各式各样的情调。无论是气格的高卑浓淡，格调的飘逸雄浑，你能想到的所有的风格，唐诗中都有，不再像以前那样，一个朝代就是一个朝代的诗风，较为单一；

（三）作者的范围无比广大，社会上各个阶层都有人写诗。从皇帝到盗贼，从出家人到女性，都有诗人涌现。这在之前的朝代是无法想象的。

把"诗至唐而盛"这句主要在描述唐诗盛行于世、唐诗深入人心的话，理解为诗在唐代已好到极致，后世皆莫能及，这不符合文学史的真相。

唐诗固然绝代风华，一唱三叹，但接踵其后的，是以筋骨思理见胜的宋诗。宋诗在语言上尤其有着独特的创造，它把唐诗侧重表现、描绘的语言，变而可以深入地刻画。宋诗不像唐诗那样通俗，那样易于为人接受，宋诗更像是口嚼橄榄，第一口是酸涩的，但多咀嚼几口之后，就有了回甘。

历史上有数量庞大的读者，更加喜欢宋诗而并不怎么喜欢唐诗。宋代有苏轼、黄庭坚，便正如唐代有李白、杜甫，苏、黄在当时及后世诗坛的地位、影响力，都可与前代的李、杜相埒。宋代大诗人还有欧阳修、王安石、陈与义、陈师道，以及钱锺书先生所推崇的王令，等等。秦观以词见长，他的后期诗作却严正高古，自成一家。女词人李清照的诗作沉雄重大，与其词风迥不相侔。

与宋代同时并峙的辽、金，都有不少优秀的诗人，尤其是金代的元好问，与宋代的黄庭坚、陈与义、陈师道这些诗人相比，毫不逊色。

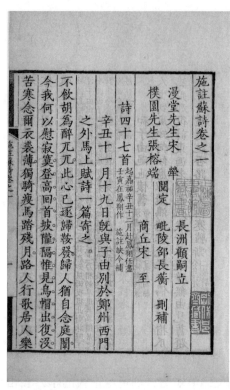

《施注苏诗》内页

今人只知道元曲是唐诗宋词之后又一个文学高峰，但元人自己决不会把剧曲、散曲看得很高，反倒是对自己的诗很有自信。被元人推崇的是元诗四大家：虞集、杨载、范梈、揭傒斯，另外著有《雁门集》的萨都剌亦不可等闲视之。

人们常说明朝人的诗过重模仿，因此没有好诗。其实一切艺术都必须开始于模仿，明朝诗并不差劣，只是其成就上不及唐宋、下不及清罢了。这是因为明朝很多诗人只肯模仿盛唐，不肯去学习离自己更近也有全新创造、别开诗世界的宋诗，出路太窄，这才给人以明朝无好诗的印象。

但在明清易代之际，顾炎武、傅山、陈子龙、屈大均、黎遂球、陈恭尹等人的诗作，慷慨悲凉，无愧诗史。被迫降清的钱谦益、吴伟业等人，诗作无论笔力意思，都雄杰一世。钱氏的七律组诗直追杜甫，吴伟业更以其"梅村体"歌行永远进入文学史的殿堂。即使是被清议所讥、戏曲舞台上画着白豆腐块脸的"权奸"阮大铖，他的诗无论在语言上还是意境上，都有值得学习的地方。明末的诗家，因为不囿于唐诗的习气，善于学习宋诗在技法上的经验，更加上沧桑巨变带来的心灵痛苦，所以能成其大。

清人学诗的心态最为开放。杜甫说过"转益多师是汝师"，清人无论是唐诗宋诗，还是汉魏古诗、元明诗，乃至近在当代的诗，都拿来学习。又加上清代人重视学问，读书远比前人为多，所以可资创作的诗料也就更充足。这样，清代诗就兼得唐宋之长，在整体成就上形成了中国诗史上的又一高峰。

清代中叶的郑珍，本身是经学家，他的诗能用平淡真朴的语言，写出动人心魄的至境，能把平庸琐屑的日常生活写得诗意盎然，著名学者胡先骕先生评论他是清代第一大诗人。又如龚自珍之作，瑰伟雄奇，镕《庄子》《离骚》于一炉，令人目眩神迷的风格之外，是其深刻的历史洞见。理学家陈澧的诗作，尽遗俗腐，天才横放，不可多得。

清代尤其是到同治、光绪以后，写出好诗的全部奥秘，写诗的一切技法，都被当时的诗人掌握，诚所谓能集三千年诗国之大成。所以，当代有成就的诗坛大家，无不重视同治光绪朝以后的诗。

当时除了有沈曾植、陈三立、陈宝琛这些被称作"同光体诗人"的大家，还有气壮山河、腾越千古的丘逢甲，融铸新词、形成更加奇伟风格的黄遵宪，芳馨悱恻、字字含情的黄节……清代诗坛尤其是同光诗坛的每一位大家，其作品与唐代的大家相比绝不逊色。

新文化运动的主将陈独秀，本身也是一位大诗人，他的诗不加雕饰，却自有龙瞻虎视的气概。大书法家潘伯鹰，学贯中西的大学者陈寅恪，还有毕生以诗鸣于世的杨云史，都足可在诗史上留下浓墨重彩的一笔。新文学作家中朱自清曾从黄节学诗，是新文学派里诗写得最好的。

所有这些大诗人，都有着共同的特点，就是不囿于一朝一代，博采兼收，尤其重视近代的诗作。而著名的新文学家郁达夫的诗，因为只是学晚唐杜牧的七绝和清代黄仲则的七律，门户不广，格局太小，也就不能成为大家。

人们又常常以为词是宋代的"一代之文学"，宋代的词为他朝所不及。但唐五代词相对宋词，自有其高卓不群之处，宋词作家虽众，又有几人在词史上的地位能与李后主相比呢？

金代的元好问不但诗是大家，词亦是大家。明初刘基，也就是民间熟知的刘伯温，有两句词："蝴蝶不知身是梦，飞上花枝。"何尝不是惊心动魄？明末的陈子龙，清初的遗民屈大均、今释澹归，他们的作品堪称是以血写就的真文学。

清代的词，号称中兴，钱仲联先生在《清词三百首序》中认为，在词作数量、整体质量、思想意义、流派风格等各个方面，清词都超越了宋词。相对于宋词很多的流连光景、伤春悲秋的囿于一己之情感的作品，清词多有家国情怀、政治寄托，境界要大得多。

清初的陈其年，词作魄力雄健，光焰万丈；清代中叶的蒋春霖，被视为倚声家中的老杜；清末更有王鹏运、朱祖谋、郑文焯、况周颐四大词人，别开生面。四家以外，还有腾天照渊、涵古茹今的文廷式、梁启超等。再往后，像深情婉约的黄侃，蕴含哲理的王国维，被喻为李清照之后一人而已的女词人沈祖棻，无数的大词人装点着诗国迷人的星空。

学诗词的人，如何能用"唐诗宋词"的说法把自己束缚住呢？

当代诗坛，有一种非常偏颇的见解，就是不讲文化的传承、艺术的训练，而空发大言，要求诗词作者必须写出时代气息。

其实，一个人不可能脱离社会而独立存在，只要他活在这个时代，他的思想言论无不属于这个时代。每个人的人生际遇、知识积累、人生观念都不相同，到底什么是所谓的时代气息呢？我们不能说在当代穿得西装革履就是符合时代，喜欢穿汉服唐装就是逆时代潮流吧？更加不能规定，一个二十一世纪的人，就不能像唐宋的诗家一样，去追求天人合一的至境、笃于人伦的挚情。

一位当代诗人或词人，只要肯放宽眼界，用心摹习前贤，锻炼诗艺，自然能写出佳作名篇。至于学诗学词之外，更继以经典的诵习、胸襟器识的养成，诗外工夫到了，人生境界提升了，看待世界的眼光更加有穿透力了，自不难写出一流的作品。

清代赵翼诗云："李杜诗篇万口传。至今已觉不新鲜。江山

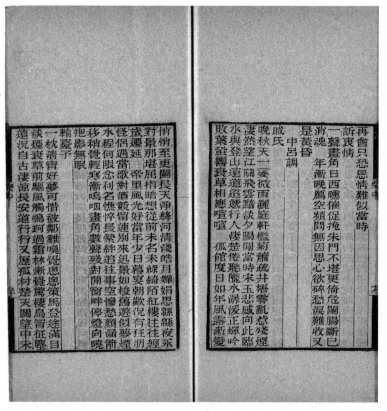

柳永《乐章集》内页

代有才人出，各领风骚数百年。"学诗学词者，放宽眼界，虚心面对从《诗经》《楚辞》以降的诗国传统，才有可能成为领风骚的才人。

当然，更多的人学诗词，只是为了能用一种典雅精粹的语言去表情达意，或者仅仅是追求一种风雅的、古典的生活方式，并没有在文学史上留名的野心。但那同样需要拓大眼界，以古为师，这样写出来的作品才是真风雅，而不是附庸风雅。

写出好诗词并不需要特别的天赋

有一种观点认为，诗人都是天生的，所有的好诗好词，都是"文章本天成，妙手偶得之"。

又有人说，大匠能予人规矩，不能予人以巧，诗词是不可教不可学的。能教能学的，不过是诗词外在的形式，如近体诗的平仄安排和押韵规则，古体诗如何避免蹈入近体诗的声律窠臼，一首词的词谱定格，该在何处用领字，该在何处用对仗，等等。

当代有很多的诗词爱好者写了很多年，诗词的声调平仄掌握得十分圆熟，立意也十分明晰，可写出来的偏偏不是诗，没有诗的神韵气味。这就更给人以口实：你看，诗词是不可能教好的吧！

其实，在行家看来，诗人固然是天生的，但"写诗的人"却可以培养。

诗人一词，不是在形容一种职业，而是在形容一种人格。

近代大诗人杨云史曾经说过："我少年时，闻有诗人我者，则色然怒；今闻之，则欣然喜。"杨云史早年，觉得别人称他为诗人是意存轻蔑，潜台词是你这个人不通世务，无当世用；但随着年龄渐长，阅世更深，他终于明白，正是自己这样的人，也只有自己这样的人，在一直坚守着内心的高贵，捍卫着道德的尊严。尽管遭受无穷的现实苦难、命运折磨，他却愈加坚强，更加为诗人的身份而自豪。

诗人，应当是永远不肯与流俗妥协，永远与平庸卑贱相抗争的人。

在世俗的眼中，诗人的生命太沉重，太痛苦，其实诗人自己，又何尝不知道自己的生命是如此的沉重痛苦？但他们无法摆脱诗人的宿命，直至生命完结。

正如屈原所云："亦余心之所善兮，虽九死其犹未悔！"这样的人，当然是人群中的极少数，写出《离骚》《天问》的屈原，写出《饮酒》《读山海经》的陶渊明，写出《古风五十九首》《蜀道难》《将进酒》的李白，写出《秋兴八首》《自京赴奉先县咏怀五百字》《北征》的杜甫，就是这样的诗人。

而文学史上大多数作家，并无这些诗人那样激烈而执著的性情，他们又是如何凭自己的作品而不朽的呢？

近代学者王国维深刻地解释了这个问题。他在《古雅之在美学上之位置》一文中指出：

"美术者，天才之制作也。"此自汗德以来百余年间学者之定论也。然天下之物，有决非真正之美术品，而又决非利用品者。又其制作之人，决非必为天才，而吾人之视之也，若与天才所制作之美术无异者。无以名之，名之曰"古雅"。

文学史上无数的作品，它们之所以能让人喜欢，并不是因为其表现出特立独行的个性、激烈执著的性情，而是因为它们有雅意，让人感受到审美的愉悦。

王国维举例说，西汉的匡衡、刘向，东汉的崔瑗、蔡邕，他们所写的赋，其文笔的优美宏壮，远在贾谊、司马相如、班固、张衡之下，但我们仍然喜欢他们的作品，便因他们的作品有高古典雅之气。

他又说，"唐宋八大家"中，曾巩的古文不一定比得上苏轼、王安石；南宋词人姜夔的词，单从情感是否浓烈、能否动人上说，远不如北宋的欧阳修、秦观，而后人也同样钟爱，也是因为其文其词雅意流行。

文辞达到古雅的境界，并不需要特别的天赋，需要的是什么呢？王国维解答说，需要的是修养之力。他认为，即使天分在中智以下者，经过修养，也可以有古雅的创造力。

凭藉修养，达成古雅，这就是中国古人作出好诗好词的最大的秘密。

古雅的反面是浅近低俗。唐代诗人元稹和白居易，因为一部分作品喜欢追求浅俗的诗风，自从苏轼评其为"元轻白俗"，地位一向不高。

为什么浅近低俗的东西不好呢？因为只有带给人惊奇与超拔的感觉的，才是真的艺术。艺术家通过营造出与日常生活完全不同的境界，让人忘记日常生活的平庸猥琐，而得到心灵的坐忘与净化。正因古雅的境界与日常生活完全不同，故能令人惊奇，令人赞叹，令人超越俗世，获得审美的愉悦。

要写出千古传诵的佳作，固然需要一定的天才，但普通人经过正确的有步骤的训练，也可以写出不错的作品。

相对于今天的那些完全不知声律而率尔操觚的文化名人，相对于今天那些数量极其庞大的自娱自乐的诗词爱好者，古人的优势在于他们接受了专业的系统的诗词写作训练。

正因古人有专业的修养，他们写出的作品具有古雅的基本面目，也就必然都是可读之作。

当代绝大多数诗词爱好者，他们其实爱好的并不是诗词，而是"通过诗词来表达自己"。就像进KTV去唱歌的人，喜欢的只是通过唱歌来宣泄压力，并不真的热爱音乐。某些"诗词爱好者"从来不爱读别人的诗，当然也不爱读古人的诗，就像KTV里的"麦霸"，并没有兴趣坐下来静静地欣赏经典的唱片。

持有这样的态度，自然无暇顾及诗法的研讨、诗艺的提高。而这样的"诗词爱好者"，总会提出诸如"诗词应该用新声韵""诗词要表现新生活新时代，不能一味泥古""诗词应该不用典故"这样一些似是而非的命题。

其实，只要肯下功夫沉潜下去，多读一读古人的经典作品，就会知道这类命题不过是无知者的浅妄之见。

诗词写作的种种规矩、技巧一点也不神秘，也不难掌握，但前提是要肯沉潜，肯入古。能入方能出。先求古雅，才能雅俗共赏；先求近古入古，才能古为今用。

中国人几千年来在文艺领域积累的全部经验，总结起来就是八个字："模拟名作，达成变化。"像书法临帖一样地去临摹古人的作品，先求得古人的神味气息，再去追求个性面目。

著名昆曲表演艺术家、昆曲教育家张卫东先生提出了学习传统文化的五字诀：熏、模、学、练、默。

所谓的熏，就是要接受传统文化的熏陶，长久地受熏陶，才能潜移默化。学诗词不妨也培养一下对书法、国画、戏曲等传统艺术的兴趣。

所谓的模，就是模拟，在昆曲是跟唱，在书法是临摹，在诗词是仿作。

所谓的学，是指要主动学习、主动探究，这才能提升修养，艺术精进。陆游说过："汝果欲学诗，工夫在诗外。"学，不止是去读诗读词，更要去了解中国诗歌的历史、历代的文学观念，甚至经史子集多方面的学问，这些诗外的工夫才是写出好诗的根本。

所谓的练，是指自己知道要领之后，勤加练习。

所谓的默，是孔子所讲的"默而识之"的默，是学问的化境，能把由书本之上、师长那里得来的知识，参以实践体悟，内化为生命。

书法上有"入帖"与"出帖"的说法。所谓入帖，指学书必须从临习古代碑帖入手，达到形似神似。初学者必先入帖，才不会走偏，写成丑书俗书。入帖以后，才能谈出帖。出帖是融会贯通碑帖中的技巧法则，通过书法展现内心的世界。学习诗词也一样。

只有入古，方能出古。很多初学者总是急于表达自己的情感，认为自己写的诗词一字移动不得，而忘记了只有学好诗词，才能借助诗词更好地抒情达意。

又有很多诗词爱好者，不肯从熏模学练的功夫做起，不愿或懒得摹拟名作，写得再多，也不过是机械地重复自己，就像书法不入帖，写字再多，也不过是在重复自己错误的书写习惯罢了。

有人问大书法家潘伯鹰先生，为什么写字要临摹古人，他回答说：中国几千年来书法家总结出一套行之有效的技法经验，你不去学习接受，反而要全部推翻，重新来过，岂不是自讨苦吃？学诗词而不肯学古，又何尝不是在自讨苦吃？

什么是诗词的格律

古人把写的字称作心画，写的诗称作心声，诗词首先是声音的艺术，是通过语言的组织、声音的调配来抒情达意的。

诗词声音的调配主要有两方面，一是调平仄，二是押韵。

我们汉语有着丰富的声调，作为现代汉语的标准语的普通话，有阴平（第一声）、阳平（第二声）、上声（第三声）、去声（第四声）四种声调；在很多地方特别是南方的方言里，声调分得更细，表现力也更强，比如江苏南部、上海和浙江省通行的吴方言就有八种声调，而广东话则有九个声调。

声调越多的方言，保留古代的语音特征就越多，也就越接近唐宋以前的读音。会说广东话或者吴语、客家话、潮汕话……的朋友，一定在小时候就发现，用普通话念诗读词，很多时候都觉得不押韵，而一旦用自己的方言去念，便觉得读来要顺口得多，就是因为南方方言相对北方话，普遍更接近古音。

不过，古人把复杂的声调化繁为简，仅把汉字分为平、上、去、入四个基础声调，又把上声、去声、入声单独算一组，称为仄声，与平声字相对。仄就是不平，仄声字的发音不像平声字那样曼长平稳，而是有高低、长短的变化。

无论作诗填词，还是写一副对联，都需要掌握平仄的知识，平仄是最基础的国学常识，掌握平仄说明一个人拥有了最基本的传统文化修养。

入声字最为特殊，它的发音特别急促，带有爆破感、摩擦感、阻塞感，在北方方言区已基本消失，普通话里更是毫无踪影。然而读古诗词，如果不能分辨入声字，很多独特的声情就无法体会了，不能不说是一种巨大的遗憾。

像中小学时大家都学过的曹植的《七步诗》、苏轼的《念奴娇·赤壁怀古》、柳永的《雨霖铃》、李清照的《声声慢》，都押的是入声字的韵脚，如果不知道这些入声字怎样读，是感受不到这些诗词的激越凄厉的声情之美的。

北方的朋友，如果您身边有广东人、上海人、江苏人、浙江人、福建人……请他们用家乡话给您念一遍这几首作品，您自然会认识到普通话或北方方言在诵读古诗词时的严重不足。

凡是入声字都属于仄声。但因为北方很多地区入声字消失了，有的入声字变成了去声，比如"鹤""客""目"等，有的入声字变成了上声，比如"谷""乙""朴"等，还有的入声字干脆变成阴平或阳平声，比如"一""十""白""惜""节"等，这就使得北方人在读古诗时无法正确发音，也就难以正确分辨一个字到底是平声还是仄声。北方人在学诗词时，要付出比南方人更为艰辛的努力，便缘于此。其实，只要想想南方人学普通话，怎么也发不对翘舌音和后鼻音时的痛苦，被入声字折磨的北方人就该心平气和了。

调平仄就是把平声字和仄声字按一定的规律予以调配。

比如王之涣的《登鹳雀楼》：

　　白日依山尽，黄河入海流。
　　欲穷千里目，更上一层楼。

就是按照"仄仄平平仄，平平仄仄平。⑨平平仄仄，仄仄仄平平"的格式来调的平仄。加圈的字代表可平可仄。这首诗中的入声字有"白""日""入""欲""目""一"这六个字，特别要注意不能把"白"和"一"这两个字当成平声字。

词的平仄是以词谱为标准的。像北宋蔡伸的《十六字令》：

　　天。休使圆蟾照客眠。人何在？桂影自婵娟。

词谱就是：

　　平。⑨仄平平仄仄平。平平仄，⑨仄仄平平。

诗词都要讲押韵，一般来说（凡是这样说的时候就意味着会有特例，但我们现在还不需要去掌握），相邻或相隔的句子，其最后一字韵母和声调相同，就是押上了韵，这些韵母和声调相同的字，叫作韵脚。比如上一首诗的韵脚是"流"和"楼"，上一首词的韵脚是"天""眠""娟"。

　　只有调配好平仄，押上了韵，诗词的声韵才会谐和。今天有所谓的新诗，不讲平仄，不论韵脚，只能算是分行的散文。

　　平仄与押韵的规律就是诗词的声律。有人称之为诗词格律，这一说法是不对的，古人格与律是两个完全不同的概念。

　　所谓的格，是指一种文体应该有的风格，它是根据这种文体当中的经典作品而确立的一种无形的标杆。而所谓的律，则是戒条，是一种文体不可违反的清规戒律，一旦违反，就不是这种文体了。比如写作律诗而出现平仄不调、不押韵、不对仗的情形，就绝不能冠以五律、七律之名；又比如填一首《满江红》，却不肯依照《满江红》的词谱来填，只是字数对，那大概只能称作"满江黑"。

　　诗的声律很简单，只是几个固定的公式，词有词谱，照着词谱规定的平仄去填字就是了。但为什么很多人觉得按照声律的要求去写诗填词非常之难呢？原因很简单，因为词汇量不够。

　　比如你想表达秋天的意思，但诗里规定第二个字要用仄声，如果你想不起西陆这个词，你肯定觉得声律太难啦！又如你想写长城，但诗里又要求是两个仄声，你如果不知道长城又称紫

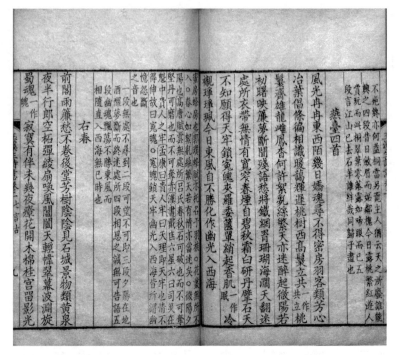

《玉溪生诗意》内页

塞，就会一筹莫展。

　　还有一些字，在表达一种意思时念平声，在表达另一种意思时念仄声，比如"思"字，表示思考、思念，念平声，但表示悲伤、表示一种情绪，就要念去声，变成一个仄声字了。李商隐的名句："锦瑟无端五十弦，一弦一柱思华年。"按照声律的规定，"思华年"三个字的平仄必须是仄平平，所以这里面的"思"就念去声。思华年就是悲华年，李商隐为什么不用悲华年而用思华年呢？就因为"悲"是平声字，在这里出律了，要改成意思一样但却是仄声的"思"字。

类似的情况非常多，需要在平时阅读时多加留意。如果一个人读书太少，积累的典雅的词汇不够，就不可能真正掌握诗词的声律，也就只能写出毫无诗味的口水诗。

但相对而言，律的问题算是简单的，格的问题才是学诗词最该下工夫去解决的。

曾见有人填了一首《沁园春》，我指出《沁园春》这个词牌，上下片一字领后面的四个四字句，都应该对仗。比如："渐月华收练，晨霜耿耿；云山摛锦，朝露漙漙。"（苏轼）一字领的"渐"后面，第一句和第三句对，第二句和第四句对。又如："向落花香里，澄波影外，笙歌迟日，罗绮芳尘。"（贺铸）一字领的"向"后面，第一句和第二句对，第三句和第四句对。还有："正惊湍直下，跳珠倒溅，小桥横截，缺月初弓。"（辛弃疾）则是四句互为对仗。

其人辩解说，古人很多词也不对仗，并通过网络搜索，拉出长长的一个单子，都是古代无名氏或虽有名有姓，却在词史上绝无地位的人的作品。这就是不明白诗词乃至一切文体的"格"，是由经典的作品铸就的，读经典太少，学古不足，就像是照猫画虎，怎么也画不出老虎的气势来。

南宋大诗人陆游的《示子遹》诗有云："汝果欲学诗，工夫在诗外。"他的意思是诗是儒家六艺之一，不是靠一点小聪明就能写好的。只有完善人格，增进学识，才能写出优秀的诗篇。

要成为第一流的大诗人，固然必须要淹通经史，就像杜甫所说的那样，"读书破万卷，下笔如有神"，但如果只是想写出可读的诗作，却简单得多。初学者只要多读经典的好诗佳词，认真地因声而求气，像临帖一样去模仿，自然可以在较短的时间内写出不错的作品。

什么是经典的好诗词呢？最低限度，《唐诗三百首》《宋词三百首》都得熟读。

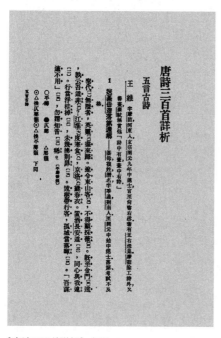

《唐诗三百首详析》内页

《唐诗三百首》有一个最好的版本，是喻守真先生所著的《唐诗三百首详析》。本书对每首诗的评析都很简炼，但都是从创作者的立场出发，分析诗的谋篇布局和写作技巧，很便于读者学习。而更重要的是，每一首诗都标明了所有字的平仄，阅读时多加注意，可以发现自己平时读得不对的音，也就能基本掌握平仄了。

而《宋词三百首》，

则有朱祖谋（上彊村民）所选本与夏承焘先生所选本两种。要想作好词，应选用朱祖谋的版本，因为朱氏此选本，本就意在造就词人，为学词者提供一个可以遵依的范本。而夏先生的选本，是为向当代人普及宋词而编选的，故选目充分注意到宋词的不同风格，目的是使当代的诗词爱好者全面地认识宋词，故亦不可偏废。

当然，这仅是对初学者入门的要求，想要写出不负时代的大作品，必须泛览百家，要有"板凳甘坐十年冷"、枕籍经史的精神才成。

《宋词三百首》内页

诗词怎样才能押上韵

中国的文学，分为韵文与无韵之文两大类。中古时期，只有押韵的韵文才叫"文"，不押韵的文只能叫"笔"。

韵文包括诗、赋、词、曲以及箴铭、颂赞、诔祭等。比如大家熟悉的《陋室铭》，就属于必须押韵的箴铭："山不在高，有仙则名。水不在深，有龙则灵。斯是陋室，惟吾德馨。苔痕上阶绿，草色入帘青。谈笑有鸿儒，往来无白丁。可以调素琴，阅金经。无丝竹之乱耳，无案牍之劳形。南阳诸葛庐，西蜀子云亭。孔子云：何陋之有？"本文以"名、灵、馨、青、丁、经、形、亭"这些字为韵脚，念起来十分谐和。

诗文有了韵，就意味着某个特定的音节，在一定的位置有规律地重复，我们在诵读时，就会感到一种整饬之美、节奏之美，有韵的诗文，既悦耳，又易记，更容易激发我们的情感。

诗词都属于韵文，因此也就必须押韵。今天很多人对诗词必须押韵这一最基本的常识也毫无认知，缺乏写诗词必须要押上韵的意识，这是由两个原因造成的。

一是古今音的巨大差异，使得很多地区的朋友在读到古人本来押韵的诗词时，却以为是不押韵的。比如下面这两首诗：

登幽州台歌

陈子昂

前不见古人，后不见来者。

念天地之悠悠，独怆然而涕下。

江南曲

李益

嫁得瞿塘贾，朝朝误妾期。

早知潮有信，嫁与弄潮儿。

不但说普通话、北方方言的人大多觉得不押韵，许多南方地区的人读来也觉得不押韵。但在潮汕地区的人读来，第一首诗中的"者"念"贾"，和"下"字是押韵的。而第二首中的"期"与"儿"，在讲粤语或吴语的人念起来，也完全押韵，因为粤语中"儿"念成了"移"的音，吴语里"儿"念成了"泥"的音。

学个诗词难道还得把全国各地的方言都先模仿一遍不成？当然不用！

请大家站在古人的立场上想一想，中国这个幅员辽阔、方音杂处的大国，要想让诗文作品通行全国，让各州各县的人都念起来觉得谐和，该怎么办？当然是树立一个全国通行的标准呀！古人的标准就是韵书。我们判断一首诗是否押韵，不是看它在甲地的人念来押韵，或乙地的人念来不押韵，而是看诗中的韵脚是否在韵书里同一个韵部中。

自宋代以来，诗的押韵标准是平水韵，因最早刊行于山西平水经籍所而得名。平水韵的刊行者王文郁（一说为南宋的刘渊），既不是皇帝，也不是大官，可为什么大家都愿意奉行平水韵为押韵标准呢？原因就是平水韵所划分的韵部，与唐代诗人用韵实际是一致的。后人学诗既然要把唐诗当作一个标杆，自然也要在押韵的问题上与唐人保持一致。

清张履恒《词律补案·缀言》中说：

> 作平水韵者，不过并去其旧题，是以见者无异词。否则《洪武正韵》，煌煌乎一代功令，且不能强（qiǎng）天下之人心，而刘渊一无名下士，何以贸然改并，转能使相沿至今，承用勿替也？

唐人写诗依据的韵书是《唐韵》，此书共有二百零六韵，比今之平水韵多出一百韵，但很多相邻的韵已经合并使用了。王文郁只是把唐人合用的韵直接在韵书上归并起来，所以至今沿用不替。

而明代开国皇帝朱元璋，以皇帝之诏令，命天下人采用他找人新修的《洪武正韵》，却不能得到认可，便因这种勉强推行的新韵，与唐以来的传统完全隔绝了。

今天也有一些人，自己写不好诗词，却热衷于推行"声韵改革"，要求诗词改用普通话押韵，这种反传统的行为注定是"可怜无补费精神"。

所谓韵部，就是相互之间可以押韵的字的集合。

韵书当中用一个字来代表一个韵部，比如东韵，就有"风中空红东同翁公宫通穷功雄工鸿丛蓬终融濛虹童桐虫匆弓蒙戎忠……"等字；而冬韵，则有"峰龙容钟松踪重浓鐘从封蓉宗逢胸鍾冬农慵笻锋庸舂侬……"等字。

东和冬这两个韵部的字，在今天读来，韵母没有区别，然而在唐人那里，东部和冬部的韵字，很多时候是不能相互押韵的，所以要分成两个韵部。

而像真韵，有"人春尘新身真神亲臣邻贫津频民巾辰轮宾珍滨秦鳞陈伦仁因辛麟晨沦伸嗔巡宸旬纶匀绅薪茵鞻银"等字；侵韵，有"心深林阴音吟寻金琴今襟侵沉岑临沉禽簪斟森禁霖砧衾淫钦箴骎针……"等字，这两个韵部之间的字，在诗中任何情况下都绝对不能相互押韵，因为侵韵的字在中古时期收［-m］尾，称作闭口音，和收［-n］尾的真韵，差别非常大。

直到今天，粤语里这两种音的分别还是特别明显。

清代的大型工具书《佩文韵府》，就是依照平水韵的韵部编撰而成。本书收的每一个韵字底下，都罗列了以这个韵字为词尾的词，并附这些词在经史子集中的出处。而简略便携的，则有清代汤文璐所编的《诗韵合璧》，只列出词藻，不列出处，今有上海书店出版社影印本。

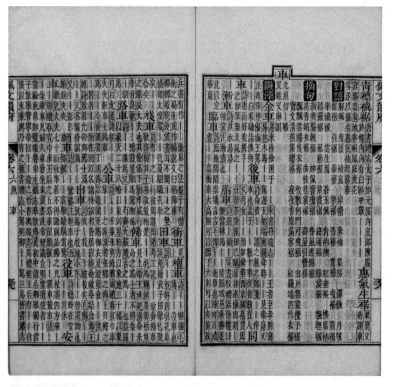

《佩文韵府》内页

作诗时依照韵书来写，随时翻检，自然不会出韵。而且勤翻韵书有一极大的好处：今人作诗最难的是词藻不足，一面翻着韵书一面写诗，词汇量提升得飞快，作诗的水平也会快速提高。

词的用韵要比诗韵来得宽。因为词本来是乐曲的文辞，在演唱的时候，不同韵部读音相近的字，听起来差别不大，所以一开始词的押韵，就是在诗韵的基础上，把读音相近的韵部合在一起用。

读音相近的韵部叫作邻韵，邻韵通押，诗里只在某些特定的情况下才允许，而词中就十分常见。比如敦煌曲子词《忆江南》：

> 天上月，遥望似一团银。日暮更阑风渐紧，为侬吹散月边云。照见负心人。

这首词的韵脚是"银、云、人"三字，其中"银、人"是诗韵中的真韵，而"云"是文韵，在诗中一般是不能押韵的，但词里却可以通押。

又如欧阳修的《浪淘沙》：

> 把酒祝东风。且共从容。垂杨紫陌洛城东。总是当时携手处，游遍芳丛。　　聚散苦匆匆。此恨无穷。今年花

胜去年红。可惜明年花更好，知与谁同。

"风、东、丛、匆、穷、红、同"等字是东韵，"容"字是冬韵，也是邻韵通押。

如何掌握词韵？很简单，只要填词的时候对照韵书就可以了。今天通行的词韵是清代戈载所编的《词林正韵》，张珍怀女士把《词林正韵》一书中生僻字删去，并依照平水韵的韵目重新编排了一下，谓之《词韵简编》，附在学词必备工具书——龙榆生撰《唐宋词格律》一书的末尾。

填词时择好词调，一面对照《唐宋词格律》中的词谱，一面从《词韵简编》中选韵脚，多练多写，熟极自能生巧。

今人没有押韵意识的第二个原因，是不知道因诗词的体裁不同，很多诗词会出现换韵或更复杂的用韵情况。

比如李白的《将进酒》：

君不见黄河之水天上来。奔流到海不复回。
君不见高堂明镜悲白发。朝如青丝暮成雪。
人生得意须尽欢，莫使金樽空对月。
天生我材必有用，千金散尽还复来。
烹羊宰牛且为乐，会须一饮三百杯。
岑夫子，丹丘生。将进酒，杯莫停。
与君歌一曲，请君为我侧耳听。

钟鼓馔玉不足贵，但愿长醉不复醒。
古来圣贤皆寂寞，惟有饮者留其名。
陈王昔时宴平乐，斗酒十千恣欢谑。
主人何为言少钱，径须酤取对君酌。
五花马，千金裘。
呼儿将出换美酒，与尔同销万古愁。

　　诗中一共换了六次韵，韵脚分别是："来、回""发、雪、月""来、杯""生、停、听、醒、名""乐、谑、酌""裘、愁"。如果不知道《将进酒》在体裁上属于乐府诗，可以自由换韵，就会以为这首诗不押韵。

　　而且这首诗还不止是换韵。诗中的"听"是一个多音同义字，既可以念tīng又可以念tìng，读音不同但意思完全一样，然而这里因为是韵脚，只能念tīng。"但愿长醉不复醒"的"醒"字，是一个多音多义字，表示睡醒念xǐng，表示酒醒却念xīng，这里只能念xīng。（屈原的《渔父》也是如此："举世皆浊我独清，众人皆醉我独醒。"念xīng才能和清字押韵。）

　　又如李白的《菩萨蛮》：

　　平林漠漠烟如织。寒山一带伤心碧。暝色入高楼。有人楼上愁。　　玉阶空伫立。宿鸟归飞急。何处是归程。长亭连短亭。

按照词谱的规定，《菩萨蛮》凡四换韵，本词韵脚是"织、碧""楼、愁""立、急""程、亭"。其中"织、碧、立、急"四字是入声字，它们在普通话中不押韵，但在唐宋时期是押韵的，在现代南方很多方言中也还是押韵的，而更重要的是，依照韵书的标准，它们是押韵的。

诗与词在押韵上最大的分别，是诗的押韵必须注重声调：平声字只能和平声字押，上声字只能和上声字押，去声字只能和去声字押，入声字只能和入声字押；而在词中，上声去声的字是可以通押的，有些特定的词调，根据其词谱的规定，还可能平仄通押。

比如张孝祥《西江月》就是如此：

问讯湖边春色，重来又是三年。东风吹我过湖船。杨柳丝丝拂面。　　世路如今已惯，此心到处悠然。寒光亭下水如天。飞起沙鸥一片。

韵脚是"年、船、面、然、天、片"。其中"面"、"片"都是仄声中的去声，却和"年""船""然""天"通押，这种现象称为"平仄通叶（xié）"，只有词谱规定了可以通叶的词牌里，才可以通叶。

而诗绝对不可以平仄通叶。

普陀山有名人题"诗"："六合烟尘隔洪波。云水三千何谓我。惟余一念曰慈悲，芒鞋葛杖上普陀。""万古觉悟在菩提，众心聚合即成佛。安得深宵善念动，一枚星光落普陀。"其中"我"是上声字，"佛"是入声字，不可以和"波""陀"押韵，此因不知诗韵常识而致误。

无论在诗中还是在词里，入声都只能单独押韵。网传为唐代铜官窑瓷器题诗的"我生君未生，君生我已老。我离君天涯，君隔我海角。"只要略具诗韵的常识，就知道这只能是当代人所制的赝品，因为"角"是入声字，绝对不能和上声字的"老"字押韵也。

《声律启蒙》与声律启蒙

前辈诗人李汝伦先生曾对我说，教人作诗，应该从《声律启蒙》《龙文鞭影》这些传统的蒙学书开始。您讲这话是十多年前，当时我对您的说法并没有十分真切的体悟。但教了十多年诗，现在再回头看，不得不佩服李老的卓识。

要做出一顿可口的饭菜，厨子的烹饪水平固然重要，然而更重要的、也往往会被顾客忽视的，是先得有好的食材。学作诗词，各种写作技巧固然必不可少，却必须先要有诗料，它们就是你所掌握的词汇。每一个诗人都有自己的词库，词库是庞巨宽绰还是狭小逼仄，是偏于典雅还是流于俚俗，决定了作出来的诗词是渊雅典重还是浅俗无聊。

常见初学诗词者，小心翼翼地凑出符合声律要求的句子，但这些句子普遍缺乏诗的神采，语言欠锤炼，句子显呆板，不生动，无张力，甚至有少数人写的，即使按照口语的标准来说，也是完全不通的句子。这些不通的句子，完全是由于词汇量匮乏，为了就合声律，只好生造出完全不通的词语所致。

不是所有的词语都能当诗料，原则上只有美的、典雅的词汇，才能成为诗料。更细致一点说，甚至有不少词汇，用在诗里就合适，用在词里却显得重了、浊了。我们有时会说某位作家是"以诗为词"，就是因为他不懂得诗与词在"用料"上的不同，拿诗的词汇来填词。这就像是川菜师傅来做大煮干丝，顺手就往里面加了花椒辣子，总也做不出淮扬菜的鲜甜。

中国诗歌史上有个非常有趣的现象，"猪"字是不入诗词的。乾隆皇帝写了一句"夕阳芳草见游猪"，毫无美感，成为文人的笑谈。（《木兰辞》里有"磨刀霍霍向猪羊"，那是因为《木兰辞》是北朝民歌，不是诗的主流。）

生活中大多数的新词，尤其是带有一定时代色彩的政治化的词汇，都是不宜入诗的。像谭嗣同写过"纲伦惨以喀私德，法令盛于巴力门"，"喀私德"是英文caste的音译，指印度的种姓，"巴力门"则是英文parliament（议会），这两个词在清末都曾盛行一时，但请问这样写出来的是诗吗？

汉语是以双音节词为主的语言，无论写诗作文都要注意，凡是双音节的词，也就是两个字组成的词，都不许生造，都必须符合语言习惯。

什么叫符合语言习惯呢？这有两种情况。一种是这个词前人用过，而且已经被广泛接受；另一种是前人没有用过，是你的独特创造，但你的创造符合了汉语构词的习惯，容易为人所接受。

后一种，文学史上叫"自铸伟词"，它是形容屈原这样的顶级大作家的，初学者与其想着一下笔就能与屈原方驾齐驱，不如现实一点，先积累好诗料吧。事实上，如果不是广积诗料，洞悉了汉语构词的秘密，也不可能"自铸伟词"。

接受传统教育的老辈学人，哪怕是以诗为馀事，一出手就是可读可诵的典雅之作。他们是通过背诵《声律启蒙》《龙文鞭影》这一类蒙学书籍而积累了基本的词汇量，有了自己作诗作文的小库房；再经由大量的阅读，涵泳于经史，游弋乎子集，而让词汇的库房无限扩充。

今天的诗词爱好者，要想不写成只是在声律上符合诗词要求的口水诗词，就得从《声律启蒙》开始，建起自己的词汇小库房。

《声律启蒙》一书，为元代祝明所著，一名《声律发蒙》，始仅有平声韵三十部，自一字七字至隔句对，各押一韵，共二卷，后潘瑛又续写仄声韵部三卷。明代的刘节对它们进行了校补，仍名《声律发蒙》。刘节校补的平声韵部分，改正了祝明原书中的错误，使得对仗更精密，又为每个韵部各增加了一节内容，成为《声律启蒙》一书的最善版本。清代车万育在祝明原本的基础上，删掉了一些助字，又调整了一些对字，成《声律启蒙撮要》一书，迭经梓刻，形成今天人们所熟悉的版本。我们今天先要明确，《声律启蒙》是元代祝明原著，车万育只是本书的一位整理者，更须知，车万育对祝明原本的错误没有任何订正，今天学习《声律启蒙》，应选择明万历中刊行的刘节校补本《声律发蒙》。一般背诵该书的平声韵部分已足敷所用，学有馀力的，可以继续学习潘瑛所著仄声韵部的内容。

从背诵《声律启蒙》而开始学诗，有多重好处。

首先，有助于熟悉平声的韵部。

我们平时写得最多的对声律要求最严格的近体诗，只能押三十个平声韵。这三十个平声韵是上平声的一东二冬三江四支五微六鱼七虞八齐九佳十灰十一真十二文十三元十四寒十五删；以及下平声的一先二萧三肴四豪五歌六麻七阳八庚九青十蒸十一尤十二侵十三覃十四盐十五咸。韵书中因为平声字比上声、去声、入声的字都多，所以把平声分成上平声和下平声，即平声字上卷与下卷之意。写作近体诗，这三十个韵部里面的字，都要熟记。

科举时代对诗的声律有严格要求，如果举子写的试帖诗落了韵，就会一票否决。清代的高心夔，咸丰己未科会试中式，复试因试帖诗出韵，遂列四等，罚停殿试一科。次年为庚申恩科殿试，试帖诗又出韵，又列四等，只能外放做一个知县。

他两次出韵，皆在上平声的十三元韵中。这是因为十三元韵里的字可分两组，一组是现实语音中接近上平声十四寒韵的"言园源喧原轩翻繁元垣猿烦暄冤……"等字，要是和十四寒韵中的"寒看安难欢残宽端官阑盘冠干丹餐兰竿栏鸾鞍酸团澜弹坛峦湍玕滩肝桓蟠丸……"等字押韵，就出韵了；另一组是现实语音中接近上平声十一真十二文的"门存昏村魂尊根孙痕恩温樽坤吞奔盆……"等字，如果你与真韵的"人春尘新身真神亲臣邻贫津频民巾辰轮宾滨珍陈秦鳞伦因仁辛沦晨……"等字押韵，或者和文韵的"云君闻文分群军纷勤曛勋氛裙焚纹醺欣……"等字押韵，那也是出韵。名士王闿运曾赠诗高心夔讽刺他："平生两四等，该死十三元。"乃是清代非常有名的掌故。

如何熟记这三十个平声韵呢？《声律启蒙》正是依照平声字三十韵而写成的。它的每一章，都是押一个韵目中的字。用四节易于记诵的文字，完成一个韵。

如上平声一东韵的第二节："云对雨，雪对风。晚照对晴空。来鸿对去燕，宿鸟对鸣虫。三尺剑，六钧弓。岭北对江东。人间清暑殿，天上广寒宫。两岸晓烟杨柳绿，一园春雨杏花红。两鬓风霜，途次早行之客；一蓑烟雨，溪边晚钓之翁。"韵脚"风空虫弓东宫红翁"，就都是一东韵里的韵字。

其次，《声律启蒙》采取的是骈体文的体裁，都是对仗的句子，有利于培育对仗的意识。

我们知道近体诗当中的律诗，中间两联要对仗，绝句中有时也需要对仗（比如"两个黄鹂鸣翠柳"，就是第一和第二句对仗，第三和第四句对仗），而词里很多地方也需要对仗，这是作诗填词的基本功。如何学习对仗呢？就从背诵《声律启蒙》开始吧。

比如上平声四支韵第一节："昭对穆，本对支。献赋对题诗。栽花对种竹，落絮对游丝。花一树，柳千枝。鸲鹆对鹭鸶。海棠春睡早，杨柳昼眠迟。五两秋风能应候，一犁春雨甚知时。韩子名高，潮海做享神之庙；羊公德大，岘山树堕泪之碑。"

"昭"和"穆"、"本"与"支"，都是同一类别的名词，"昭""支"是平声，"穆""本"是仄声，所以可以对仗。"献赋"，仄仄，"题诗"，平平，又都是动宾结构，所以对仗。"栽花"对"种竹"，是平平对仄仄（竹是入声字所以是仄声），也都是动宾结构，所以对仗。"落絮"对"游丝"，是仄仄对平平，又都是偏正结构，所以对仗。

"花一树，柳千枝"是平仄仄对仄平平（"一"是入声字）。

对仗要求词性一致、结构相同，而平仄相反。多背诵《声律启蒙》，自然能对对仗形成语感。

我们的语言分为口语与书面语。口语是不能入诗的，书面语包括散文和骈文，诗的语言离散文远而离骈文近。骈文是全文基本对仗的文体，除此而外，骈文还特别重视辞藻的美丽、用典的贴切。

像上文"海棠春睡早，杨柳昼眠迟。五两秋风能应候，一犁春雨甚知时"就有着很美丽的辞藻，令人如展画卷。同时，"海棠春睡"用唐玄宗时杨贵妃酒醉见驾，玄宗说"岂是妃子醉，真海棠未睡足耳"之典，"杨柳昼眠"用汉苑有柳如人，名人柳，一日三眠三起的传说。"五两"是古代军营中，用鸡毛系在五丈高的旗杆顶上，用来测风向和风力的工具。

而"韩子名高，潮海做享神之庙；羊公德大，岘山树堕泪之碑"就都是用典了。"韩子名高"两句，是说唐代韩愈因谏迎佛骨，被贬至潮州，在潮很得民心，潮人为之建韩公祠，以作纪念。潮州近于海，故称潮海。"羊公德大"二句说的是晋代的羊祜，因镇荆州甚得民心，他死后葬于岘山，百姓望其碑者莫不堕泪。

背诵《声律启蒙》，可以多掌握一些美丽的辞藻，多了解一些常见的典故，这是第三个好处。

骈文有一种很独特的对仗方法，称作扇面对。《声律启蒙》中"女子眉纤，额下现一弯新月；男儿气壮，胸中吐万丈长虹""秦岭云横，迢递八千之远路；巫山雨洗，嵯峨十二之危峰""秋雨潇潇，烂漫黄花满径；晚风飒飒，扶疏绿竹当窗"……都是扇面对。它是第一句和第三句对，第二句和第四句对，如折扇的扇面。

诗中很多出彩的句子，都是用骈文的扇面对压缩而来。像"竹喧归浣女，莲动下渔舟"（王维）、"绿垂风折笋，红绽雨肥梅"（杜甫）这样的句子，其实都是骈文扇面对，是"竹喧，归浣女；莲动，下渔舟"与"绿垂，风折笋；红绽，雨肥梅"的对仗。

精熟《声律启蒙》，有助于让诗的句法不再平板，而有着骈文的灵动，这是第四个好处。

从读写中学平仄

"故园东望路漫漫。双袖龙钟泪不干。马上相逢无纸笔，凭君传语报平安。"这首诗，是大家耳熟能详的唐代诗人岑参（cān）的《逢入京使》。诗中的"漫漫"是联绵词，要念成mánmán，属于上平声十四寒韵的字。但是某网红教授却念成了mànmàn，说明他对诗的声律、字的平仄知之甚浅。

有一位诗友评论说："不写诗、不在实践中体会平仄声律的人，可能就算知道是平声也读成仄声。对于他们，平仄只是冷冰冰的、需要死记硬背的东西。"

这位诗友指出的问题很有普遍性。大学中文系有《古代汉语》课程，这门课照例都是要讲平仄和近体诗的声律的，但很多中文系古代文学、古代汉语专业的教授，都不能正确分辨平仄，便是因为他们在学习时，只把平仄当作了声音的符号，却没有形成以平仄对汉字排兵布阵的习惯。

光是记得阴平阳平属平声，上去入三声属仄声，光是记住近体诗的十六种声律，并不能帮助他们正确分辨平仄。《文学遗产》杂志上有篇文章讨论黄庭坚的拗体诗与其书法风格的关系，所举的"拗体诗"例中，"诸生赘载笔纵横""胸次不使俗尘生""江触石矶砧杵鸣"，这三句都不是拗体的诗句。

所谓的"拗"，是指不合近体诗的平仄要求的句子，却出现在了近体诗当中，是诗人故意模仿古体诗的音调，以产生奇崛古拙之效的一种尝试。但这三句的平仄分别是平平⑰仄仄平平、平平仄仄仄平平、⑰仄⑰平平仄平，每一句都符合近体诗的平仄，根本不拗。

此处"纵横"之"纵"，古音子容切，即读zōng的音；"胸次"的"次"，有上平声四支韵的平声读法，读如咨；"俗""石"都是入声字，"砧"是平声而非去声。作者把这几个字的平仄都标错了，所以就得出了错误的结论。

那么，如何去记平仄，才不会犯类似错误呢？

方法很简单，就是从读写的实践中去记平仄，这样才会形成平仄的语感，临到用时，方不会捉襟见肘。

首先可以从喻守真先生的《唐诗三百首详析》中的律诗部分读起。

像杜审言的《和晋陵丞早春游望》末句"归思欲沾巾"，喻先生标为平仄仄平平，骆宾王的《在狱咏蝉》第二句"南冠客思深"，喻先生标为平平仄仄平，你就该知道"思"字念仄声，再去查韵书，知道"归思""客思"的"思"是名词，念 sì。李商隐的《筹笔驿》，第三句"徒令上将挥神笔"，喻先生标为平平仄仄平平仄，你该知道表示"使令"之意的"令"，念作 líng。王湾的《次北固山下》，"风正一帆悬"，喻先生标为平仄仄平平，"乡书何处达"，喻先生标为平平平仄仄，你就该知道"一""达"二字不念平声，查韵书知道它们都是入声字。

在掌握了诗的声律之后，每读一诗，都要先默想诗中每一字的平仄，并与诗律相对照，尤其是多读近体诗，如果出现古人近体诗的平仄与你所默想的不一致，一般来说都是你搞错了字的平仄，日积月累，自能了如指掌。

龚自珍的诗："荒村有客抱虫鱼。万一谈经引到渠。终胜秋磷亡姓氏，沙涡门外五尚书。"你在明了诗律之后，会疑惑最后一句的平仄怎么会是平平⑰仄仄仄平，与诗律要求的平平⑰仄仄平平不合？如果你去翻检韵书就会发现，原来表示官职的"尚书"之"尚"音 cháng，是个平声字。

还可以通过练习对对子去掌握平仄。这是古代学童学习平仄的不二法门。

凡是对联必须对仗。所谓对仗，是指上下两句整齐相对，如古时帝王将相出行的仪仗队一样。

对联和律诗都是受骈体文的影响而出现，骈文中的对联，声律较宽松，但随着律诗的盛行，对联在声律上就向律诗趋同，特别是五言和七言的对联，只要是单独出现，都要求上联最后一个字是仄声，下联最后一个字是平声。传统相声《八扇屏》里说："上联把音压下去，下联把韵挑起来，你这么一听，它就是对子、上下联儿。"《八扇屏》里说到的一副七言对子"风吹水面千层浪，雨打沙滩万点坑"，"浪"是仄声，"坑"是平声，在北京话里头，"浪"字念起来是由高到低的，"坑"字则是不高不低保持水平，相对于"浪"字，"坑"字听起来反微有上扬之感，这就是"上联把音压下去，下联把韵挑起来"的意思。

五言、七言的上下联，最后一字必须上仄下平，这是对联的最基本的要求。我们身边很多家庭因不懂得这个道理，把尾字仄声的上联贴在了左边，把尾字平声的下联贴在了右边，这样上下联就完全搞反了。

金庸先生说，有很多读者看了盗版书，相信他与古龙、倪匡合出了一个上联"冰比冰水冰"征对，遂寄了下联给他，这是在浪费时间心力。因为根据对联的要求，上联的末一字不能是平声，"冰"字是下平声十蒸韵中的字，不能作为上联的末字。

五言、七言以外的对联，在宋代以后，也基本遵循上联末字用仄，下联末字用平的声律规则，但有时候对联的创作者一意模古，像骈文一样放宽声律，也能写出意境上佳的名作。比如湖南岳麓书院门前的对联："惟楚有材，于斯为盛。""材"是平声，"盛"是仄声，就是不符合"上联末字用仄，下联末字用平"原则的对联，体现出湖南人"无所依傍，浩然独往"的文化精神。但这样的对联毕竟是少数，初学者更不可据以为范式。

对联要求的对仗，单从声调上说，一是要求在节奏点上平仄相对，二是要求每一句的末字平仄相对。《声律启蒙》是最工整不过的骈文，它是由若干副对子组织而成的，从《声律启蒙》的对子入手，懂得了它的规律，读得熟，自然记得牢。

一、单字自成节奏点。

所有单字的对仗，一定是平仄相对，不能有例外。如：

> 无对有，实对虚；终对始，疾对徐；唐对夏，夏对虞；金对玉，绿对朱；贤对圣，智对愚；燕对赵，越对吴；渊对岫，岭对溪，烟对雨，雹对泥；熊对虎，象对犀；河对海，汉对淮；丰对俭，各对皆；城对市，巷对街……

今本《声律启蒙》中单字的对仗，惟独二冬韵中的"春对夏，秋对冬"，"秋"是平声字，却以"冬"来对。我初时猜测这个"秋"字可能是"岁"字，被后来传刻者妄改，后见祝明古本，才知原本作"春对夏，夏对冬"，可见"秋""冬"两个单字平声，是绝对不能对仗的。

二、双音词大都是平平对仄仄。

在近体诗当中，平平和仄仄都是最基础的音节单位。如：

> 晚照对晴空，来鸿对去燕，宿鸟对鸣虫，白叟对黄童，海雾对江风，牧子对渔翁，暮鼓对晨钟，观山对玩水，绿

竹对苍松，隐豹对飞龙，野艇对村春，禹舜对羲农，芍药对芙蓉，日观对天津……

"玩水"之"玩"是赏玩之意，念wàn，"日观"之"观"是名词，念guàn，都是仄声。而"古玩"之"玩"，也念wàn。戏曲界称外行为"棒槌"，如果你把戏行的习惯念法《浣（wàn）纱记》念成huàn纱记，林冲（chǒng）念成林chōng，内行一定当你是棒槌。同样，要是诗文中平仄异读的字都读不对，在写诗的内行看来，你也是棒槌。

《周易》六十四卦中有一卦叫"大过"，古人有注释说"音相过（guō）之过（guō）"，意即"大过"的"过"读"相过"的"过"的音，是个平声字，有学者不明其意，在讲座中念了好几遍"音相过（guò）之过（guò）"，还胡乱解释一通，完全违背了古人注释的本意。

双音词也可以平仄对仄平：

镜奁对衣笥，青眼对白眉，绿窗对朱户，六朝对三国，金马对石渠，鹤长对凫短，献瓜对投李，鹭飞对鱼跃，雁行对鱼队，九经对三史，翰鲈对苏雁，朝露对夕曛……

少数时候还可能变通为仄平对仄仄，或平仄对平平，这是因为双音词中第二字是节奏点：

杜鹃对孔雀，榆塞对兰崖；耕猎对陶渔；天地对山川；宦情对旅思……

三、三音词要注意平声字的连带关系。

一种情况是上句为平仄仄，下句则是仄平平，这在祝明著、刘节增补的《声律发蒙》的平声韵部分，几乎全部如此：

尧舜德，禹汤功；三尺剑，六钧弓；花烂熳，草蒙茸；周太仆，汉司农；青布幔，碧油幢；青琐闼，碧纱窗；三弄笛，几枰棋；鹦鹉赋，鹧鸪诗；霜竹瘦，雨梅肥；龙也吟，燕于飞；纤锦绮，佩琼琚；犀作带，象为梳；蓬岛记，辋川图；横醉眼，撚吟须；星拱北，日沉西；萧史凤，宋宗鸡；呼晚渡，倚秋崖；梅可望，橘堪怀；炊社饭，漉春醅；银海照，玉山颓；金翡翠，玉麒麟；涛汹（xiǒng）涌，石嶙峋；歌北鄙，咏南薰；鸥可狎，鹿为群；西域马，北溟鲲；孙季阁，李膺门；苍玉液，紫金丹；无逸带，仲由冠；龙夭（yǎo）矫，鸟间关；山矗矗，水潺潺；苏武节，郑虔毡；眸炯炯，腹便便（piānpiān）；巫峡石，浙江潮；乘五马，贯双雕；喧戏蝶，舞潜蛟；鱼变化，虎咆哮（páoxiāo）；雷焕剑，吕虔刀；双凤翼，九牛毛；云缥（piǎo）缈，雨滂沱；苏武雁，右军鹅；燕市酒，建溪茶；驰驿骑，泛仙槎；攀桂客，探花郎；风月窟，水云乡；铜雀砚，紫鸾笙；金

错落，玉琮玲；龟曳尾，鹤梳翎；飞白字，太玄经；占赤雀，
赋青蝇；千里马，九霄鹏；情慷（kǎng）慨，意绸缪；鸂
鹉观，凤凰楼；千里目，百年心；曾点瑟，戴逵琴；容窈窕，
鬂鬒鬗；山泼黛，水浮蓝；张素锦，结青缣；风渐沥，雨
廉纤；莺睍睆，燕呢喃；狐善媚，兔多馋……

这种情况还可以上句由平仄仄变为仄仄仄，而下句保持仄
平平不变：

寄远曲，步虚词；伯乐马，浩然驴；孔北海，谢东山；
击石磬，绝韦编；郏鄏鼎，武城弦……

另一种情况则是上句为平平仄，下句为仄仄平，在祝明所
著的平声韵二卷中，只有"羞攘（ráng）臂，懒折腰"一例。
不过，在潘瑛著、刘节增补的仄声韵三卷中，上句为仄仄平，
下句为平平仄的例子是很多的：

望眼穿，吟肩耸；理钓丝，投机杼；麦穗坡，桃花坞；
合璧沉，连环解；麈尾松，猫头笋；闵子骞，张公谨；太
液池，甘泉苑；燕尾溪，羊肠坂……

可见平平仄与仄仄平是可以相对的。

下句的仄平平绝对不会出现平平平的情况，因为在诗中末三字如果是平平平，叫做三平尾，是声律的大忌。

《声律发蒙》平声韵中，也有上句是平平仄，下句是仄平平的孤例"栖霞洞，落星湾"，就像刘节的仄声韵中也有"竹枝词，梅花引"这样上句是仄平平，下句是平平仄的对法，恐皆为临时变通之例，不足为训。

四、四言以上的句子，除了句尾及上下句节奏点平仄要相对，单句之内，在节奏点上的平仄还要相间。如：

忠心（平）安社稷（仄），利口（仄）覆家邦（平）；

世祖（仄）有谟（平）延马武（仄），桀王（平）无道（仄）杀龙逢（平）；

晋士（仄）特奇（平），可比（仄）一斑（平）之豹（仄）；唐儒（平）博识（仄），堪为（平）五总（仄）之龟（平）；

波浪（仄）拍船（平），骇舟人（平）之水宿（仄）；峰峦（平）绕舍（仄），乐隐者（仄）之山居（平）……

明清两代的童蒙受学，多从诵念《声律启蒙》开始，良有以也，以此形成平仄的语感，习焉而不察，日用而不觉。

平仄本为雕虫之技，但即使是曾经传统教育熏陶的学者也可能出错。喻守真先生《唐诗三百首详析》中误标李商隐《锦瑟》

"一弦一柱思华年"的思（sì）字为平声，龙榆生先生《唐宋词格律》不知"怨"字有平声读法，把《醉翁操》这一纯押平声韵的词牌归入到"平仄韵通叶格"中，都是显著之例。

也许我们谁也做不到永不出错，但按部就班诵诗习联，至少可以保证少犯常识性的错误。

从近体开始学写诗

詹安泰先生在《无庵说诗》中说：

> 诗有声韵美，学诗者自当兼讲声韵。近体之声韵易循，古体之声韵难知，故学诗者当先学近体，次学古体。

近体诗是唐代新产生的诗体，包括全部的律诗和一部分的绝句。它和唐以前就一直存在的各种诗的体裁之间，有着一个最根本的区别，就是它的声律有着严密的规则。

唐以前的各种诗体不是不讲声律，但神而明之，存乎作者一心，依赖于作者对音韵的敏感。而近体诗通过严密的声韵组织规律，也就是调平仄的方法，让创作者不需要刻意地规避，也不会犯很多的声病。

近体诗产生之后，习惯上把唐以前就有的五七言诗称作古风、古诗。七言古诗又往往被称作七言歌行。五言古诗之最短小者即是五言绝句；七言歌行之最短小者即是七言绝句。五绝、七绝分别来自五言短古与七言短歌。有人说绝句又称截句，是截取律诗之一半而成，这个说法并不符合历史的真相。

绝句的得名，是因为古人作诗多以四句为一意思的完结，故四句谓之一绝。绝，是断的意思。

近体诗产生之后，一部分的绝句受到近体诗声律的影响，这部分绝句就是所谓的近体绝。而未受近体诗声律影响的绝句，则谓之古绝。

七言绝句受近体诗声律影响较深，大多数都符合近体诗声律的规则，五言绝句受近体诗声律影响较小，大多数是不符合近体诗声律规则的古绝。

像我们在小学时学过的"春眠不觉晓""松下问童子"都是古绝，而"众鸟高飞尽"就是近体绝。七绝当中我们非常熟悉的"故人西辞黄鹤楼"也是古绝。

近体诗法度谨严，就像是颜柳褚欧的楷书，结构笔画都十分地讲究，适合初学者入门。

从押韵上说，近体诗只能押平声韵，且必须一韵到底。

何谓一韵到底呢？就是韵脚的字，都必须出自同一韵部之中。绝句的第二句第四句的末字，律诗的二、四、六、八句的末字，都得押平声韵且必须是在同一韵部之中。

像杜甫的《望岳》：

岱宗夫如何，齐鲁青未了。

造化钟神秀，阴阳割昏晓。

荡胸生层云，决眦入归鸟。

会当凌绝顶，一览众山小。

尽管中间两联是对仗的，但因为押的是仄声韵，却不能当律诗看，只能归到五言古诗的范畴中去。他的《秋雨叹》：

雨中百草秋烂死，阶下决明颜色鲜。

著叶满枝翠羽盖，开花无数黄金钱。

凉风萧萧吹汝急。恐汝后时难独立。

堂上书生空白头，临风三嗅馨香泣。

由下平声一先韵（鲜、钱）换到了入声十四缉韵（急、立、泣），不是一韵到底，也就不是近体诗。

有时候绝句或律诗的第一句末字也收平声，这样第一句的末字可以放宽到邻韵，也即在音韵上相近的韵部。比如林逋的《山园小梅》：

众芳摇落独暄妍。占尽风情向小园。

疏影横斜水清浅，暗香浮动月黄昏。

霜禽欲下先偷眼，粉蝶如知合断魂。

幸有微吟可相狎，不须檀板共金尊。

在我们读来，会觉得"妍"字与"园"字押韵，"昏"字与"魂""尊"字押韵，但根据口音来判断押韵最是靠不住，必须得依照韵书。在《平水韵》中，"妍"是下平声一先韵，"园、昏、魂、尊"都是上平声十三元的韵。上平声的十三元十四寒十五删，以及下平声的一先韵，属于邻韵，所以第一句末字用了"妍"字。

近体诗中首句可押邻韵的现象叫作孤雁出群，我们在创作时尽可放心大胆使用。

必须注意，如果近体诗的第一句末字是平声，就一定得押韵（押本韵或邻韵都可以）。

某教授在《中国诗词大会》节目中念过一首"集句诗"："人间有味是清欢，照水红蕖细细香。长恨此身非吾有，此心安处是吾乡。"第一句的末字用了平声，所以本该入韵，但"欢"在上平声十四寒中，与下平声七阳韵中的"香、乡"，既不在同一韵，又不是邻韵，该押韵而不押，就"落韵"了。

更不必说"香""乡"同音，是谓之"重韵"，念起来特别地不舒服。有正常的音韵感的人，都不会在相邻的两个韵脚押同一个音。这不但在近体诗中不行，在古体诗中、在词中，一般也不行。

唐代韦庄的词《思帝乡》云："春日游。杏花吹满头。陌上谁家年少，足风流。妾拟将身嫁与，一生休。纵被无情弃，不能羞。""休"古音许尤切，"羞"是息流切，声母差别非常大，是不同音的两个字，故可相押。直到今天，在粤语、吴语中这两个字的字音仍有较大分别。

第三句苏轼原句是"长恨此身非我有"，平仄仄平平仄仄，虽然出自词当中，却是一句完全符合近体诗平仄要求的律句，而改成"长恨此身非吾有"却出律了。

近体诗的平仄排布有着严格的规定。一般来说，五言要符合以下四种基本句式：平平平仄仄，仄仄仄平平。仄仄平平仄，平平仄仄平。七言要符合以下四种基本句式：仄仄平平平仄仄，平平仄仄仄平平。平平仄仄平平仄，仄仄平平平仄仄平。

七言的句式是从五言增字添音而来，具体方法是取五言的前两个字，在它的前面加上与之相反的两个音。

在每一个句式的五言（或七言的后五字）中，一般都得有两个平声字相连在一起。其中平平平仄仄一句，在实践中往往变成平平仄平仄，它与平平平仄仄完全等价，是一个"恒等于"的关系。比如"秋风不相待"（张说）、"今看两楹奠"（唐玄宗）、"开轩面场圃"（孟浩然）、"淮水东边旧时月"（刘禹锡）皆是如此。

清代仇兆鳌注杜甫的五言排律《赠翰林张四学士垍》，其中的"此生任春草，垂老独漂萍"一联，特别注："任，读平声。

春,读上声,《周礼·梓人》:'春以功。'"其实这样的注音既没有必要,更违背了诗意。

符合近体诗基本句式的句子,我们便称之为律句,反之,则称作拗句。

很多性情和智识上的双重懒汉,认为诗词的声律没有意义,诗词的意境才最重要。要知道,平仄就相当于楷书的笔画,声律就相当于结构排布,只有经过声律的训练,才能写出好诗,正如只有掌握了用笔使转、间架结构,才能创作出好的书法作品。

何以会如此?原来,正常人所熟悉的词汇都是日常用语,而日常用语是不宜入诗的,能成为"诗料"的,大多不是日常用语。只有为了符合声律的要求,努力去扩充词汇,寻找合乎声律的词语,才能超离凡庸,写出声韵文辞兼美的诗作。

我们不妨看一看霍松林先生几位弟子的同题之作:

哭松林师

尚永亮(武汉大学教授)

无端噩耗破空来。匝地阴霾惨未开。

弦断唐音虽可续,胸罗云锦复谁裁。

当年拜别怅千里,此日西归衔百哀。

长忆终南亲绛帐,临风不忍上高台。

哭霍师松林先生

孙明君（清华大学教授）

冬雷震震日无晴。星陨终南大地惊。

陇上仰望黄宇客，堂前侧立霍家兵。

长安数载秦川树，弟子三千四海鲸。

自此关西无孔父，悲云低压泣三更。

惊闻霍老师仙逝，赴西安途中作

张海沙（暨南大学教授）

秦川霹雳岭南闻。海水波翻白日昏。

驾鹤遥知仙境远，牵衣难舍世间分。

文章彪炳千秋业，桃李芳菲百代勋。

太乙峰高回望首，人间遍布霍家军。

悼霍师松林先生

康震（北京师范大学教授）

八龙是日去秦川，万柳烟浓泣未央。

千里未期悲白马，两楹已梦落梁椽。

终南皓月垂学海，渭水唐音颂尧天。

莫将长歌哭长夜，且扬薪火照杏坛。

很明显，其中符合近体诗声律要求的诗作，在文辞和意境上都要优胜很多。

当代有不少诗词爱好者，信口而道，信笔而写，作出的"诗"也是四句或八句，却没有声韵或基本不考虑声韵。当你指出这样的"诗"不合平仄时，他们一般都会拿自己写的是"古体诗"这一说法来辩解。其实古体诗就像书法中的草书，楷书的基本间架结构、用笔使转都还没掌握，却把自己的一笔丑字说成是草书，谁能认可呢？要知道，字迹潦草和写的是草书，这是两个完全不同的概念呀！

学诗先学属对

很多人从五绝、七绝开始学写诗，这样一开头就走错了路子，以后很难写好。

五言绝句本质上是最短小的五言古诗，七言绝句本质上是最短小的七言歌行，前者要求在极精简的文字中，尽量表现出高古朴拙的气息，后者要求二十八字里闪转腾挪，极尽跌宕跳跃之能事，且须意在言外，言有尽而意无穷，都不是初学者能驾驭得好的体裁。

古人流传下来的经验是先从五律学起，再学七律，再学七绝。五绝不需要特意学，学会写五古，也就自然会写五绝了。

五言律诗共四十字，古人谓之"四十贤人"，要求字句精炼，就像唐代的楷书一样，在笔画、结构上最为讲究，故而是最适合初学的诗体。

而在学写五律之前，古人都是从练习属（zhǔ）对开始，以训练自己的诗的语感。属对的属是缀辑、撰写之意，属对即对对子。出一上联，对出下联，或出一下联，对出上联，这一过程就叫作属对。

我们在熟读（最好能背诵）《声律启蒙》之后，应该已经基本形成了对仗的语感，这时候就可以从古人的五律、七律中挑选对仗的句子，取其上联或下联，另对一句，以作练习。

这样做的好处是，为了与古人的成句相对仗，你必须要潜心揣摩原作的句法，有助于你掌握诗的各种句法，从而更能领会何谓诗家语，而不致一下笔就是空洞贫乏的笨句。

属对的对联有两个来源，一是来自骈文中对仗的句子，二是来自五七言律诗中间两联。

来自骈文的对仗句，在音节的节奏上相对自由，比如"春草池边，自诗人一去，柳掩花遮增寂寞；上林苑内，待儒将重来，云腾电掣着骅骝"，上下联各有一个五言句，节奏上一下四，分别是"自/诗人一去、待/儒将重来"；又像"倚银屏、春宽梦窄；醒绮梦、露滑霜浓"，上下联都是七言，但句子的节奏却是上三下四，这种上一下四、上三下四的句法，叫作尖头句，在五七言诗中绝对不允许出现。

通常五言的和七言的对子，都是来自律诗，要求符合近体诗的基本平仄要求，当然更要符合近体诗的音节节奏。

像杜甫的《夜宴左氏庄》，便应作如下节奏：

林风/纤/月落，衣露/静/琴张。

暗水/流花/径，春星/带草/堂。

检书/烧/烛短，看剑/引/杯长。

诗罢/闻吴/咏，扁舟/意不/忘。

李商隐《隋宫》的节奏则是：

紫泉/宫殿/锁/烟霞。欲取/芜城/作帝/家。

玉玺/不缘/归/日角，锦帆/应是/到/天涯。

于今/腐草/无萤/火，终古/垂杨/有暮/鸦。

地下/若逢/陈/后主，岂宜/重问/后/庭花。

这种音节上的节奏，与语意上的节奏并不等同，而是根据近体诗句式的基本平仄要求所确定的诵读的节奏。也就是说，五言近体的节奏是：(平)平/平/仄仄，(仄)仄/仄/平平。(仄)仄/平平/仄，平平/仄仄/平。七言近体的节奏是：(仄)仄/(平)平/平/仄仄，(平)平/(仄)仄/仄/平平。(平)平/(仄)仄/平平/仄，(仄)仄/平平/仄仄/平。我们无论属对还是写诗，都要注意不可违背这几种基本的节奏。

2019年中央电视台春节联欢晚会上，岳云鹏表演相声，说对联的格律是"平仄平仄平平仄，仄平仄平仄仄平"，台下一堆观众跟着念。传统相声一直就这么说，但那是因为旧时但凡上过私塾的，无人不知这是错的，所以就会产生"笑果"，让台下观众哑然失笑。而今天的观众已普遍没有诗词格律的常识，相声演员这样讲，他们就以为正确的对联格律就是这样了。

某教授在2019年的春节所作的《元日》："今朝晨起东风至，惆怅韶光又一年。元日元气原应满，新春新岁信欣然。"第三句正作"平仄平仄平平仄"，当系被相声所误导。

在属对的时候，第一要注意的是平仄相对的关系。

五言的句子，上联是⟨平⟩平平仄仄，下联就必须是⟨仄⟩仄仄平平。上联是⟨仄⟩仄平平仄，下联就必须是平平仄仄平。七言的句子，上联是⟨仄⟩仄⟨平⟩平平仄仄，下联就是⟨平⟩平⟨仄⟩仄仄平平，上联是⟨平⟩平⟨仄⟩仄平平仄，下联就是⟨仄⟩仄平平仄仄平。

如上联"文章藏禹井"，出自明清之际大诗人屈大均的《春山草堂感怀》，原对为："文章藏禹井，涕泪满山阴。"上句是平平平仄仄，下联可对"花草没吴宫"，⟨仄⟩仄仄平平。第一字可平可仄，故可用"花"字，且有语典，化用自李白的诗句"吴宫花草埋幽径"。

上联"春风春雨花经眼"，出自宋代黄庭坚《次元明韵寄子由》，原对是"江北江南水拍天。"上联平仄是平平平仄平平仄，实即⟨平⟩平⟨仄⟩仄平平仄这一标准句式的第三字由仄变平。在七言诗中，第一字、第三字、第五字的平仄往往可放宽，而二、四、六字平仄却十分严格，谓之"一三五不论，二四六分明"。而在五言句中，就是"一三不论，二四分明"。既知上联平仄，下联平仄也就可以确定为⟨仄⟩仄平平仄仄平，可对"红叶红冰客忆家""青史青灯月映窗""秋梦秋魂月倚楼""江树江云雁叫风"……

比较复杂的是⟨平⟩平平仄仄这一句，往往会变成平平仄平仄，在这种情况下，第一字很少可平可仄，因为正常情况下，要保证近体诗的句子中，有两个平声相连在一起，这样吟诵起来才不会发飘。

当⟨平⟩平平仄仄变成平平仄平仄时，下句的对仗仍然必须是⟨仄⟩仄仄平平，而不能是⟨仄⟩仄平仄平。也即是说，遇到平平仄平仄这样的句式，我们必须把它当成⟨平⟩平平仄仄来处理，它和⟨平⟩平平仄仄是完全等价的，要经过等价还原的过程才能作对。

比如陈子昂的《渡荆门望楚》："遥遥去巫峡，望望下章台"，孟浩然的《过故人庄》："开轩面场圃，把酒话桑麻"，均是上句平平仄平仄，下句仄仄仄平平。

特别需要注意的是**平平仄仄平**这一句。按照五言诗"一三不论，二四分明"的原则，第一第三字似可平仄自由，这样就会有平平仄仄平、平平平仄平、仄平仄仄平、仄平平仄平四种可能；然而假使只变第一字，成为仄平仄仄平，就成了古人特别忌讳的一种句式。因为这一句中没有两个相连的平声，吟诵起来不好听，故叫作**"孤平"**，这是无论属对还是写近体诗时，都必须要避免的句式。

由于七言诗的平仄是在五言的前面增加两个音节而成，故七言首二字处于从属的位置，我们看一句七言诗是否犯孤平，只要看**后五字**即可。像平仄仄平仄仄平这样的句式，是从⃝仄平平仄仄平变过来，尽管它的第一字也是平声，然而仍然是孤平的句子，因为我们只要看后五字就可以了。

2017年2月，某教授在微博上发表"诗句"——"元祐党争实败家"，有网友指出此句犯孤平，某教授以为"元"字是平声，除去韵脚的"家"字，已有"元""争"两个平声字，因此不犯孤平，这种认识是错误的。

另外，⃝仄仄平平（或⃝平⃝仄仄平平）不能按"一三（五）不论，二四（六）分明"的原则，把第三（五）字变成平声，这与孤平的情况正相反，过犹不及，谓之"**三平尾**"，一般也不允许出现在近体诗的句子中。

李商隐的"离情终日思风波""一弦一柱思华年"，分别是平平平仄仄平平和仄平仄仄仄平平，第五字都用了去声的"思"（sì），而不用"思"的同义字"悲"，就是因为如果用"悲"字，就犯了三平尾，是近体诗声律的大忌。

王维的《鸟鸣涧》："人闲桂花落，夜静春山空。月出惊山鸟，时鸣春涧中。"第一句是平平仄平仄，首先等价还原为平平平仄仄，它的下句应该是仄仄仄平平，但王维用了仄仄平平平，就犯了三平尾。但我们知道，五绝本质上是五言短古，它的声律当然就不如近体诗那样严格。

最复杂的情况是，对联或近体中，都允许出现⃝仄平仄仄或⟨仄⟩仄仄仄仄的句式，这样的句式属于拗句，遇到它时，它的下句要有特别的处理。

⟨仄⟩仄平平仄这一句，根据"一三不论，二四分明"，可以变成⟨仄⟩仄仄平仄，这当然没有问题，下句仍按平平仄仄平来对，当然也可以对平平平仄平、仄平平仄平。

但在"一三不论，二四分明"的原则以外存在着一个"法外之地"，就是⟨仄⟩仄平平仄的这一句的第四字，可以变成仄声，也就是⟨仄⟩仄平仄仄或⟨仄⟩仄仄仄仄。然而这一句不能单独存在，它的对句要经过特殊处理，必须只能是平平平仄平或仄平平仄平。这种特别的处理就叫作**"拗救"**，是通过下一句增加一平声，或者把双平声的节奏往后挪一个音位，而在吟诵时产生平衡的效果，故谓之拗救。

像我们熟悉的"野火烧不尽，春风吹又生"（白居易）、"向晚意不适，驱车登古原"（李商隐）皆是拗救的著名例子。

上面说的是五言的情况，七言自可类推，"映阶碧草自春色，隔叶黄鹂空好音"（杜甫）、"一身报国有万死，双鬓向人无再青"（陆游）均作如此处理。这是我们在属对、作诗时都要特别注意的地方。

前已讲过，五言或七言的后五字为仄平仄仄平，就是孤平。在第一字一定要用仄声的情况下，第三字就一定要用平声，变成仄平平仄平。把双平声的调子往后挪了一个音节，这也可算一种拗救，古人称为**"当句救"**，以与上面的**"对句救"**的情况相区别。

比如某教授的"宁有种乎睥王侯"一句，是平仄仄平仄平平，第五字当救不救，是犯孤平，第六字不当救而救，就更加拗口不可吟诵了。

工对的技巧训练

汉语的文学体裁，举凡诗歌、散文、小说、戏曲，每一样都可以在其他民族的文学中找到类似的对应物，惟独讲究对仗的骈文，是汉语所独有的。最短的骈文——对联，也为汉语文学所独擅。

中国人相信"一阴一阳之谓道"，对联的上下句，平仄相异，字意相反，而又必须统一在相同的词性中，上联是一意，下联又是一意，上下联意思合在一起，复能生发出新的意思，这正体现出阴阳燮理、化生万物的哲学思想。故而练习属对，也是在强化中国人的文化基因。

属对，一言以蔽之，就是要能"对得起来"，除了要合乎平仄的规定，还要注重字意和词性，尤其要注重的则是结构。

写诗词也好，对对子也罢，都是要用文言文。文言文以单音的词为主，也就是说单独一个字，一般就是一个独立的词，与现代汉语以双音词为主的情形很是不同。古人也没有现代人的名词、动词、形容词、介词、副词、连词、助词等概念，我们称词性，古人只称字性。

古人把字分成两种：实字、虚字。对仗的原则就是：

实字对实字，虚字对虚字。

实字包括名词、数词、量词，它们只能同类相对，古人又称死字，即不可移动不能变化的字。

而名词数量词以外，所有没有实在的形体或数量的字，都是虚字。动词是虚字，形容词是虚字，介词副词都是虚字。虚字里的助字独为一类，大致包括今之所谓连词与助词，如然而、若夫、之、乎、者、也一类的词，通常不会和别的虚字对仗。

当代楹联大家王翼奇先生题孔庙联：

由也求也，麟兮凤兮。

就是用"也"对"兮"，两个语助词的虚字相对。

虚字中动词又称活虚字，或简称活字，而形容词、副词则称为死虚字。因为动词最灵活、最富变化，往往可以和连词助词以外的所有虚字相对仗，甚至有时候它还可以和实字对仗，故称活字。

对仗一般来说有工对与宽对之分。

工对是指：

（一）实字必须同类相对。如"桃红"对"柳绿"，"沧海"对"蓝田"（沧借了苍的音，故可与蓝对），"万里"对"百年"，"西岭"对"东吴"之类；

（二）活虚字对活虚字，死虚字对死虚字，也即符合现代语法中同一词性相对的原则的对仗。如"月明"对"日暖"，"作客"对"登台"，"珠有泪"对"玉生烟"等。

而宽对就只需要实字对实字，虚字对虚字就可以了，甚至在一定情况下，实字还可以跟虚字对。

宽对之宽也不是随意来的，我们先要掌握工整的对子，才会明白宽对如何地"宽"。

在工对中，实字因系不能变化的死字，故只能在同类中对。比如"两个黄鹂鸣翠柳，一行白鹭上青天。窗含西岭千秋雪，门泊东吴万里船。"这首绝句是两个七言的工对的组合。

我们不妨想一下，"黄鹂"能和"滩鹭"对吗？"衰柳"可以对"青天"吗？"寒岭"对"东吴"，"晚秋雪"对"万里船"呢？答案是不可以。从现代汉语的角度看，都是偏正结构的名词，结构相同，词性一致，如何就不能对呢？但须知"黄、白、翠、青"都是表色彩的实字，"东、西"是表方位的实字，"两、一、千、万"是数目实字，既然是实字，就都只能在同类中对，只有这样才算得上是工对。

有时候不是数目字却有数目意思的字，也可以用数目字对。

鲁迅小时候在三味书屋读书，寿镜吾老先生出上对"独角兽"，同学有对"两头蛇"，有对"三脚蟾"的，这些都可以及格。不过鲁迅对的是"比目鱼"，就是能得寿老先生称赞的上佳答案了。因"独"不是数字，但有单的意思，"比"也不是数字，但有双的意思，既保证了对仗的工切，又避免了呆板，这样的属对就十分完美了。

当代人学习属对，可以先从现代汉语的语法分析入手，到一定层次后，再去了解实、虚、活的概念。当然，如果已经有背诵《声律启蒙》的基础，已经背诵过百首以上的律诗，各种基于语法的分析都是不必要的，因背诵而形成的语感更加可靠。

"对不起来"的情形有两种：

一种是平仄、字意、词性、结构不对仗，当代很多人写的对联都是如此。

比如有一副悼二月河的对联"二月河开凌解放，一剪梅落玉簟秋"，就属于"对不起来"的对子。上联仄仄平平平仄仄，下联应该对⑰平⑯仄仄平平，却对的是仄仄平仄仄仄平，平仄先错；"二月河"对"一剪梅"，"二月"是表时间的实字，与颜色、数目、方位等词一样，也只能和同类的表时间的字来对，"一剪"就与之对不上了。凌解放是二月河的本名，但在这里有双关意，指的是河冰融化，从结构上看是主谓结构，主语是"凌"，谓语是"解放"，而"解放"又是并列结构的动词；玉簟秋可以理解为"玉簟（竹席）上秋天来临了"，"秋"字活用为动词，那么这个主谓结构就是以"玉簟"为主语，"秋"为谓语，"簟秋"二字，也不存在"解放"二字那样的并列关系，结构上也对不起来。

更严格一点说，二月河、凌解放是同一人的笔名和本名，下联也得用同一人的字号和本名来对，且也必须形成双关。

曾有一副很有名的对子："碧野田间牛得草，金山林里马识途。"碧野、田间、牛得草、金山、林里、马识途都是文艺界的名人，连缀起来恍如天成，惟一的缺憾是"识"是一个入声字，下联音律有问题。

当然，这种对联近乎文字游戏，与作诗关系不大，我们没必要对这类对联太用心力。

第二种情况是上下联尽管都符合平仄和词性、结构的要求，却出现意思相同的词，甚或整句意思都一样，这样的情况叫作**"合掌"**，过犹不及，也是"对不起来"的不合格的对子。

曾有读者购买拙著的签名本，希望我题写"胸藏文墨怀若谷，腹有诗书气自华"这两句，我直接拒绝了，首先是因为"胸藏文墨"和"腹有诗书"意思一样，犯了合掌，其次上联后五字是⍟仄平仄仄，是由⍟仄平平仄变过来的拗句，下联后五字必须是⍟平平仄平，这才能补救上句音律上的"拗"。"拗"指的吟诵时拗口，故下句要让第三字变成平声，以获得听觉上的平衡。但"诗书气自华"五字中，第三字的"气"仍是仄声，未救上句，这就出律了。

而诸如"愿觅寻常句，甘吟自在诗""如云岁月丝千结，似绮年华指一弹""三载见闻休自陋，十年离别已无求""篱户半开寻妙韵，柴门紧闭觅灵琛""今朝玉骨艳惊世，他日冰肌凄化尘"，这些句子都存在合掌的现象。"寻常句"与"自在诗"，"岁月"与"年华"，"载"和"年"，"篱户"与"柴门"、"妙韵"和"灵琛"，"玉骨"和"冰肌"，都是一个意思，在属对时都应避免。

属对时要注意上下联文气的连属，不能一个字一个字地硬对，而应按照完整的意象去对。

我在指导深圳图书馆主办的诗词写作研修班时，曾出过上联"别来明月梁空满"，要求对出下联。这是从明代阮大铖《咏怀堂诗集》中摘来的句子，但我记错了一个字，原对是"别来明月梁频满，何意深林屐不疏"。对得比较好的有"坐到疏桐鸟未鸣""梦入重山影更单""忆着前情夜已阑""卜罢青钱心不寒""望极天涯雁久疏""数尽残更梦不成""唱彻阳关泪未干"等。

尤以"去后相思天一涯"最佳，因为它与上联在意象上最有内在关联。"天一涯"和"梁空满"是如何可以对仗的？我们只要把上下联省略的成分补足就可以理解了。上联是"别来明月于梁间空满"，下联是"去后相思在天外一涯"，两句的句意是相对的，但具体到每一个字，却并不工整对仗，"满"是活虚字，"涯"是实字，本来是不能对仗的，但这里的"满"可以理解为变实在了的洒满屋梁的月光，虚字实化了，故可与"涯"相对。

而像"客里光阴书未抛""恨起泪眸花始愀""归去故人觞始频""望断夕阳林尽燃""望里春山日又斜"这几句，尽管平仄、字意、结构都能对，在意象上却缺少较紧密的关联，或者说不能形成一个完整的画面，所以就要逊色一些了。

最为工整的对子，有人称之为合璧对，即不但实字同类相对，不但活虚字对活虚字，死虚字对死虚字，每个字的意思都在同一类属中。

比如孟浩然的"户外一峰秀，阶前众壑深"，"户"与"阶"都属屋宇类，"峰""壑"都属山类，"外"与"前"是方位实字，"一"与"众"是数目实字，"秀"与"深"都是死虚字。岑参"花迎剑佩星初落，柳拂旌旗露未干"，"花""柳"属花木，"剑佩""旌旗"属仪饰，"星""露"属天类，"初"与"未"是两个死虚字，"落"与"干"是两个活虚字。

《声律启蒙》里的对子，都十分工整，真正写诗时，十分工整的对句是很少的，因太工整了一是显得呆板，二是纤巧伤气，但初学者只有先求工整，掌握词性的奥秘，才能进而求属对的活泼雄浑。

书法领域有一句名言："初学分布，但求平正；既知平正，务追险绝；既能险绝，复归平正。"诗中属对的道理是一样的。

属对的三个要诀

　　初学者学属对，一定要从古人或近代名家的对句中选择一句，以对另一句，不要自己或让同学友人随意出上对。这样的好处是可以拿自己对的和古人的原对作比照，较易于学习古人，不止训练了属对的技巧，更可以感受名家、大家的艺术气息。

　　我所指导的深圳大学国诗社，社员多是深圳大学的在校生，每天晚上八点，由一人出对，出对者和其他同学一起属对，要求就是从古人的对句中摘出上句，来对下句。这些学诗的同学经过一段时间的属对训练后，都能写出合格的诗作，掌握对句的平仄更不在话下。

　　略摘数联，以见一斑："老归大泽菰蒲尽，病入新年岁月流"（鲁迅原对：梦坠青云齿发寒）、"巧啭岂能无本意，芳心只是袅晴丝"（李商隐原对：良辰未必有佳期）、"禅悦新耽如有会，词心偶接便销魂"（朱孝臧原对：酒悲突起总无名）、"不信有天常似醉，曾经多梦亦逢秋"（陈子龙原对：最怜无地可埋忧）、"急缚何人撄怒虎，安禅至夜战狂龙"（查慎行原对：丛祠有鬼托妖狐）、"寻梦客迷蝴蝶洞，惜花春老杜鹃山"（丘逢甲原对：看山秋上老龙船）、"浮云不负青春色，断岸遥传白芷香"（杜甫原对：细雨何孤白帝城）。

深圳大学国诗社的对子多选七言，相对较难，初学者宜先从五言的对句开始练起。五言精炼，又多是工对，能让学诗者打好语言基础。在练习了一两百副五言的对子后，再进行七言的训练会更有成效。古人云"成如容易却艰辛"，须知天下绝没有不付出努力就能成功的事业。

需要注意的是，在训练对对子时，不能机械重复自己的语言习惯，而应先之以识见，要知道该朝哪一方面努力。

首先，应避免照字面硬对，要能注意到上下联的照应，要让上下联合在一起，能形成完整的画面。

如上联"月痕在水鱼吹沫"（陈三立原对：钟籁摇山鹤警眠），有人对"潘鬓盈头客断肠""心事随风叶走波""酒肆堆香客弃家""犀角燃灯龙出鳞"，这些对句在字面上都很工整，但上下联不能浑融一气，不能组为完整的画面，都不太成功。

而像"云影浮天雁叫霜""松籁生秋啸入云""星汉横天笛倚楼""梅蕊先春气入怀""日脚沉山雁负红"，就都是比较好的对句了。

诗中的对，大多属于宽对，不必过求工整，因此不一定要同类相对，只要做到虚字对虚字、实字对实字就可以了。

其次，要注意对对子不是找反义词，不需要每个字意思都相反，更不要时间对时间、空间对空间，应该考虑的是上下联意象之间的对比。

比如有一副对子是"小楼容我静，大地任人忙"，小楼对大地，不能说不工，但对得太呆板了，如将"大地"改为"一世"，表空间的"小楼"对表时间的"一世"，意蕴更加绵长。

意象上的对比，有"一""多"相对，如："海右此亭古，济南名士多""出门流水注，回首白云多""一去紫台连朔漠，独留青冢向黄昏""海内风尘诸弟隔，天涯涕泪一身遥"。

有"时""空"交错，如："梅花万里外，雪片一冬深""岁暮远为客，边隅还用兵""逐客虽皆万里去，悲君已是十年流""雪岭独看西日落，剑门犹阻北人来"。

有"虚""实"相生，如："四十明朝过，飞腾暮景斜""神仙才有数，流落意无穷""行李须相问，穷愁岂有宽""可怜怀抱向人尽，欲问平安无使来"……

古人所讲的虚字实字，在一定的语意条件下可以转化，故"飞腾"本皆虚字，而喻指飞黄腾达的状态，就变"实"了，因此可与"四十"对。"流落"本皆虚字，但在句中是流落无依之状态，也就"实化"了，故与"神仙"能对仗。"行李"对"穷愁"、"怀抱"对"平安"也是同样的情况。

掌握这些技巧，不止对属对大有裨益，更有助于写出有诗意的诗词作品。

第三，属对有言对与事对之别，言对只要求意思、字面的相对，而事对却要求上下联的用典使事也能做到工切，这就对学诗者提出了更高的要求。但用典使事又是作诗词所必备的技能，必须熟练掌握。

由于中小学语文课本中所选的诗词，多是通俗易晓富于画面感的名篇，这就给社会上大多数人一种错觉，以为古典诗词都是这样的风格。其实不然。历史上大多数的诗词都是用了典的，不用典平白如话的诗词反而是少数。

用典的好处一是让字数有限的诗句，能承载更深的意思，能带给读者更多的联想，二是让语言更加古雅，更有诗味。对句中如果一句用了典，另一句一般也得用事，对句要求铢两悉称，用典使事也必求平衡。

比如李商隐的名句"身无彩凤双飞翼，心有灵犀一点通"，出自他的《无题》诗：

> 昨夜星辰昨夜风。画楼西畔桂堂东。
> 身无彩凤双飞翼，心有灵犀一点通。
> 隔座送钩春酒暖，分曹射覆蜡灯红。
> 嗟余听鼓应官去，走马兰台类转蓬。

一般认为，"心有灵犀一点通"用的是《汉书·西域列传》

颜师古注："通犀，中央色白，通两头。"但"点"字无着落，更未见有学者求得凤翼之典实。

我们知道，"一点"是来对"双飞"的，"点"必定与"飞"一样，也是虚字，而非像"一点两点千万点"的"点"那样是实字。《异苑》载，温峤至牛渚矶，"闻水底有音乐之声，水深不可测。传言其下多怪物，乃燃犀角而照之。须臾，见水族覆火，奇形怪状，或乘马车，着赤衣帻。其夜，梦人谓曰：'与君幽明道隔，何意相照耶？'峤甚恶之，未几卒。"李商隐用的就是这个典故，"点"在这里是"点燃"之意。

"身无彩凤双飞翼"更非泛泛之语，而是由实物而发生的联想。在唐代有一种游戏叫"凤翼"，李商隐由这一游戏，而联想及彼此不如彩凤，生有双飞之翼，又由桌案上的犀角骰子，想到只要心中有灵犀，一旦点燃，就能照通幽明。

以下一联，说的是"藏钩""射覆"的游戏，扣得极紧。可知古人用典下字，无一虚应。

不明典故，不但写不好诗词，也无法正确理解诗词。从事古文献、古代文学研究的学者，如果能熟记常用典故，更可通过用典来辨析版本、校讹补阙。

比如乾隆三十年梁釪重刻《莲香集》，卷四张乔《乔仙遗稿》有一首五律《马》：

支公宜畜马，武子更能骑。

骨换黄金重，声遒紫塞悲。

香泥沾锦帐，花路积胭脂。

暂可苏堤下，春游系柳丝。

只要知道马惜障泥的典故，就会发现"香泥沾锦帐"的"帐"是讹字，正确的字是"障"——

王武子善解马性。尝乘一马，着连钱障泥。前有水，

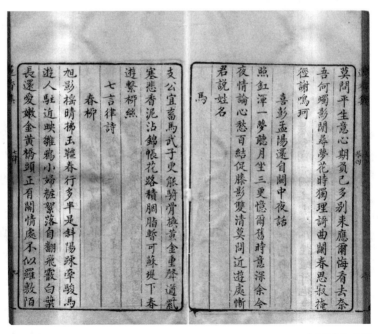

《莲香集》内页

终日不肯渡。王云："此必是惜障泥。"使人解去，便径渡。

——《世说新语》

障泥是马身的饰品，垂于马腹两侧，用以遮挡尘土。苏轼词《西江月》有云："障泥未解玉骢骄，我欲醉眠芳草"，也是暗用了这个典故。

又如贵州铜仁有一徐氏古村，村里存有一残缺的古联："□观秘书求有得，□华精理契无言"，谓是乾隆中名士汪镛书赠其祖徐乐源之作。前阙二字，是在20世纪六七十年代时烧毁，无人能补。

徐氏古村联

我最初想的是"虎观秘书求有得，龙华精理契无言"，虎观，指东汉时著名的白虎观，乃当时朝廷修缮儒学之所；龙华，则是佛教之典，说弥勒菩萨于龙华树下三次说法，终于成道。但龙华与"无言"之旨不相扣合。

后来想到，正确的答案应该是"东观秘书求有得，南华精理契无言"。东观是东汉的国史馆，扣住"秘书"；南华指《南华经》，亦即《庄子》，庄子认为要"得意忘言"，补成"南华"，才与"精理契无言"妙契无间。

尤须注意，对句中的用典，往往会活用而不拘泥。

如晋代王献之有小妾名桃叶，尝过江，献之临渡口歌以迎之，故留下了桃叶渡的地名。而辛弃疾的《祝英台近》，首二句"宝钗分，桃叶渡"，"渡"却是与"分"对仗的虚字，此二句意谓，宝钗分作了两股，桃叶也渡江北去了。如把词中的"桃叶渡"解为地名，就不免谬以千里了。

《文心雕龙》里说："言对为易，事对为难。"属对而求得字面的工整是很容易的，难的是要照顾到上下联的用典使事。

如何才能做好"事对"呢？古代童蒙教材中就会涉及大量典故，清代以来《声律启蒙》《龙文鞭影》都是很好的入门书，今天学诗当然也应该熟悉这两部书。而一些基本的国学经典，如"四书"、《庄子》《史记》《汉书》《世说新语》也须过目。

平时读古人诗，一定要读一些经典的笺注本，比如仇兆鳌的《杜诗详注》、王琦的《李

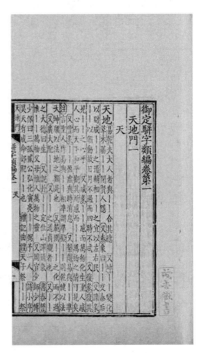

《骈字类编》内页

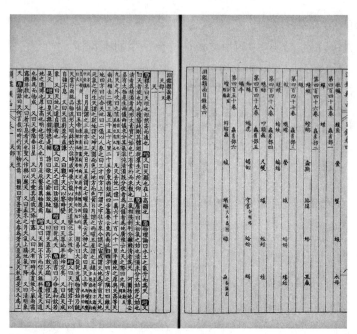

《渊鉴类函》内页

太白诗集注》、赵殿成的《王右丞集笺注》、朱鹤龄的《李义山诗集注》等。

还要善于利用工具书。古人为了便利诗文创作，编撰了大量的类书，把一切典籍上的知识分门别类，以供著文作诗时采择。唐宋时有名的类书有《初学记》《艺文类聚》《册府元龟》《太平御览》等，清代以来，最常用的类书是《渊鉴类函》和《骈字类编》，平时在属对及作诗填词时，多多翻阅类书，对提升创作水平极有神效。

近体诗的粘对

经过一段时间的五七言对联的训练，在熟练掌握五七言对联的平仄、遣词、用典之后，就可以进入近体诗的写作练习了。

有人以为，诗最重要的是性情、意境，提倡学诗先从最低标准开始，即只要先押上韵，什么平仄粘对一概不管，熟练以后，再慢慢去就合近体诗的声律要求。这种见解是错误的。

一切艺术首先都是技术，只有先精于技，才能更进于艺，最终方能近于道。一开始学作近体诗，就必须严格按照它的声律来写，如此才不会思想懒惰，总是用最先想到的日常词汇去写诗，写出来的全是没有诗味、不雅驯的口水诗、顺口溜。

近体诗的平仄排布，比五七言对联要稍微复杂一些，但基本原理却是一样的。

1956年的初三语文课本，有"文学常识"这一专门的知识单元，讲授"诗歌的一般特点"。文中不但谈到了押韵和调平仄这些今人看来已显冷僻的知识，更有一段很重要的话：

> 诗歌一般是要吟诵的，有的还要配上乐曲歌唱。诗歌的语言，有鲜明的节奏。我们读诗歌，往往随着诗里的感情的波动，在诗句里一定的地方作或长或短的停顿，读成抑扬顿挫轻重缓急的调子。这种调子的抑扬顿挫轻重缓急，就是诗歌的节奏。例如，张志和的《渔歌子》，就可以作这样的停顿："西塞山前——白鹭飞，——桃花——流水鳜鱼——肥。——青箬笠，——绿蓑衣，——斜风——细雨不须——归。"

文中的破折号代表的是语音的延长。这样念诗，所依照的不是语意，而是吟诵的规则。吟诵是从唐代开始流行的念诗的调子，它的原则是：

> （一）平长仄短，韵脚回环；
> （二）一三五不论，二四六分明。

唐代人发现平声字的读音拖长后，声调是没有变化的，而上去入这三组仄声一旦拖长，声调就变了，故在吟诵时，将平声字拖长来念，而仄声则发短音；而每逢韵脚的字，都可以拖长以行腔，即所谓的"韵脚回环"。

又因七言中的二四六字（五言中即为第二第四字）是节奏点，故其发音就更要明确长短，即所谓"二四六分明"，而七言的一三五（五言中的一三）字不是节奏点，故其发音长短，相对就不那么重要，此即"一三五不论"。

唐代产生的新诗体"今体诗"，自宋代以后称"近体诗"，其念长音的字和念短音的字，排布有特定的规律，将这种规律以平仄的形式记录下来，就是近体诗的声律。

近体诗的声律，比对联的声律复杂在两个地方：

一是对联的上句，最后一字只能是仄声，但诗中第一联，可能上下句最末一字都是平声，如"城阙辅三秦，风烟望五津""君问归期未有期，巴山夜雨涨秋池"，这样的一联，上下句如何在声律上相对？

二是联与联之间也有着新的连带关系，这种关系称作"粘"，与一联中的上下句"对"的关系不同，它又是如何"粘"起来的呢？

先说第一个问题。

如果上联是平平仄仄平，下联应该如何对呢？下联不应对仄仄平平仄，而应该对仄仄仄平平。它的声调对仗，是把平平仄仄平从节奏上分为平平－仄仄－平，第一个音步平平，对的是仄仄，第二个音步仄仄，错到后面对平平，第三个音步平，错到前面对仄。如图所示：

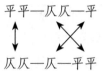

如果上联是仄仄仄平平，下联也不能对平平平仄仄，而应该对平平仄仄平。其原理如图所示：

这是五言的句子，如果是七言，就是在五言前面加上一个音步，它的平仄必须与五言开头二字的平仄相反。如下二图：

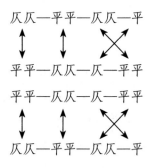

再说第二个问题。诗中两联之间的关系，存在于上一联的

下句与下一联的上句之中，这两句就必须遵循"粘"的原则。所谓"粘"，最低限度要保证前二字的平仄相同。

我曾有一首诗，题为《戊戌二月初二日，同定金、全汝、引晟侍邓丈步峰重游可园，听女曲家歌。定金率得句"小楼歌曲同今日，南国衣冠异昔时"，因为足成一律》，诗曰："可园风物旧萦思。荆粉鹃红色未移。小楼歌曲同今日，南国衣冠异昔时。醉啸不堪春已老，曼吟应有夜来悲。绮台欲下频回首，何限南音诉子规。"

这首诗是三分钟写成的急就章，作完后友人王定金先生指出第一联与第二联失粘了。本诗第三句（额联上句）是(平)平(仄)仄平平仄，和第二句（首联下句）的(仄)仄平平仄仄平，首二字一为(平)平，一为(仄)仄，明显失粘。遂将此诗前二句调换了一下位置，变成："荆粉鹃红色未移。可园风物旧萦思。小楼歌曲同今日，南国衣冠异昔时。醉啸不堪春已老，曼吟应有夜来悲。绮台欲下频回首，何限南音诉子规。"

其平仄排布如下：

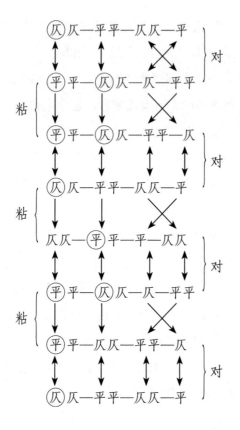

这样就不存在失粘的问题了。

需要相粘的句子，一定是上一联的下句和下一联的上句，这就要求前一句一定收平声尾，后一句一定收仄声尾，其原理图如下：

或

我们可以这样记忆：**在近体诗中，只要上句末一字是平声，下句无论粘对，后面的两个音步都要错过来粘或对。因粘的上句，末一字一定是平声，所以只有错粘，而无正粘。**

由此，我们可以得出五七言律诗的平仄原理如下四图：

图一：

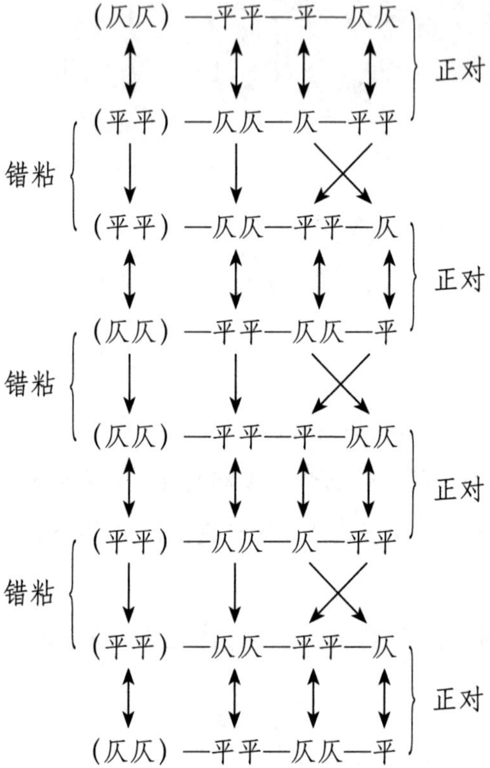

（仄仄）—平平—平—仄仄 〕正对

错粘〔（平平）—仄仄—仄—平平

（平平）—仄仄—平平—仄 〕正对

（仄仄）—平平—仄仄—平

错粘〔

（仄仄）—平平—平—仄仄 〕正对

（平平）—仄仄—仄—平平

错粘〔

（平平）—仄仄—平平—仄 〕正对

（仄仄）—平平—仄仄—平

图二：

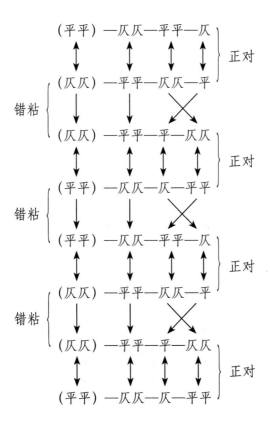

图三：

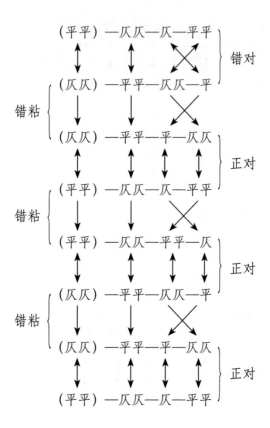

图四：

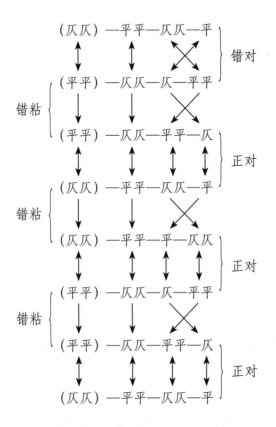

有一位在书法教学领域卓有成就的先生说过一句特别精辟的话："一笔一太极，一字一太极，一篇一太极。"近体诗的声律排布，也像太极的云手一样，阴阳相济，生生不息。

只要我们遵循"联内相对，下一联粘着上一联"的规则，就可以一直这样推衍下去。古人有一种超过了八句的律诗，称作排律，理论上可以排到无限多的句子。而如果按照粘对的规则，只取四句，就是近体绝句了。

之所以特别强调是"近体"的绝句，因为绝句另有一大部分是属于古体诗的。如果把古体诗和近体诗看作是两个集合，它们之间的交集就是绝句。

像孟浩然的《春晓》（春眠不觉晓）、贾岛的《寻隐者不遇》（松下问童子）、李白的《送孟浩然之广陵》（故人西辞黄鹤楼），就都是属于古体诗的集合之内的绝句，为了与一般的近体绝句相区别，被称为古绝。

上列四图，是在最"理想"的状态下近体诗的声律，它实际上包含了十六种格律：五律、七律、五绝、七绝，每一样都是四种。在实际写作时，就更加千变万化。一是谨记"一三五不论，二四六分明"的口诀；二是记得运用我们在《对句的平仄》中介绍过的知识，避免孤平、三平尾，学会用拗句和拗救等等，自然不会觉得声律是一种束缚。

不去死记那十六种格式，而是用推导图的方法记声律，会更直观也更易掌握，更加能够养成遵循平仄的思维习惯。

广州市天河区岑村小学的林美娟女士是我的学生，她在给小学生讲近体诗的声律时，用这种方法教，三四年级的学生，半小时就能掌握。成年人就应该更加容易。一旦养成了平仄的思维习惯，写诗时就绝不会觉得声律是束缚思想的枷锁，而是有助于激发诗心、增益文辞之美的音乐。

　　闻一多先生说，诗要有格律，像是"戴着镣铐跳舞"，这个比喻我不能认同。在先秦时代，诗的最高形式就是乐舞，诗是遵循着音乐的节拍而跳舞。音乐和诗词格律，都不会束缚诗，而是让诗更加动人。

从五律开始，从摹写开始

近体诗中律诗比绝句要容易写。因为律诗中间有两副对子，易于铺排诗意，作者表情达意要从容优裕得多。相反绝句的字数少，只得四句，在短短的二十字或二十八字中，而要闪转腾挪，能产生强烈的艺术对比，就非初学者所能驾驭得了。

胡适回忆他小时候学诗的经历，说他少时学诗，最烦对对子，所以写不来律诗，后来才发现律诗是最容易的。在律诗中，五言比七言更加精炼，从五律入手，易于掌握诗的句法，写出有艺术张力的诗句。

从五律开始学作诗，由五律扩充到七律，再去学七绝，这是古人学习近体诗的基本门径。

《红楼梦》里香菱向林黛玉请教作诗，黛玉给她指点的门径是："你只听我说，你若真心要学，我这里有《王摩诘全集》，你且把他的五言律读一百首，细心揣摩透熟了，然后再读一二百首老杜的七言律，次再李青莲的七言绝句读一二百首。肚子里先有了这三个人作了底子，然后再把陶渊明、应玚、谢、阮、庾、鲍等人的一看。你又是一个极聪敏伶俐的人，不用一年的工夫，不愁不是诗翁了！"黛玉要她学诗的顺序正是五律到七律再到七绝。

黛玉认为，学诗须从摹拟开始，须先找到摹习的范本，五言律诗的范本是王维，七言律诗的范本是杜甫，而七言绝句的

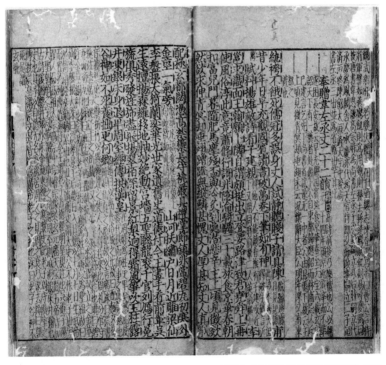

元刊本《集千家注批点杜工部集》内页

范本则是李白。这就相当于练书法，是选择赵孟頫，还是颜真卿，总要先找好入门的帖子，细心揣摩，着意临摹，才能进入书法之门。

黛玉没有说到五言绝句该怎么学，原因是五言绝句从文体特征上说属于古体诗，学会了五言古诗的作法，自然也就会写五绝了。

像《千家诗》《唐诗三百首》这样的入门级的选本，都是按照诗的体裁来分类，就是为了便于学诗的人去摹拟。

有一部更值得学诗者去随时翻检、认真摹习的范本，是元代方回所编的《瀛奎律髓》。此书所选的全是律诗，而且把所选的诗按内容分好了类。我们但凡心有所触，想写一首诗时，先从这本书里找到内容相近的作品，再选择其中的一首，逐句用它的原韵仿写，这样写出来的作品，会和一空依傍、摇笔即来的作品有天渊之别。

明代大书法家董其昌，每逢写经之前，都要把家藏《灵飞经》取出，"先展阅一过"，他发现这样做的好处是"于古人墨法笔法，似有所会"。学习五律而从摹拟名作入手，正是起到了同样的作用。

从2018年3月起，深圳图书馆"南书房夜话"活动以诗词创作的研修为主题，请诗家学者讲授诗词的基本规矩和技巧，并点评学员作品。报名来学习的学员，年龄最大的已年过古稀，最小的才上小学五年级，共同组建了一个诗社叫作芸社。芸是贮藏古书时用以驱蠹的药草，因得深圳图书馆支持，故名芸社。

在第一堂课介绍完学诗的途径、学习的方法、近体诗的格律之后，我布置了第一份五律的作业，题目是《上巳日深圳寄友用孟浩然上巳日洛中寄王山人迥韵》，题目要求诗的主题是"上巳日深圳寄友"，上巳日就是农历的三月初三，是古人水边饮宴、郊外游春的胜日。

孟浩然的《上巳洛中寄王九迥》原诗是：

> 卜洛成周地，浮杯上巳筵。
>
> 斗鸡寒食下，走马射堂前。
>
> 垂柳金堤合，平沙翠幕连。
>
> 不知王逸少，何处会群贤。

这首诗的第一句"卜洛成周地"，点明了诗题中的"洛中"，"卜洛"是《尚书》中的典故，讲周公姬旦经过占卜，认为洛邑有吉兆，而将之建为东都。

从魏晋时起，上巳节的一项重要节目就是曲水流觞，大家坐在河渠的两旁，在上游放置浮物，上置酒杯，酒杯顺流而下，停在谁的跟前，谁就要饮酒。"浮杯上巳筵"点明了题中的"上巳日"。

上巳时的集会，最有名的就是王羲之参加过的兰亭集，故诗的末句写"不知王逸少，何处会群贤"。逸少是王羲之的字。

"不知""何处"是诗人的悬想，正因有此悬想，这才要"寄"。寄的对象是王迥，乃是一位不做官的隐士，因他姓王，所以用王羲之来指代他。

为了给学员做示范，我也作了一首，题为：《上巳日深圳寄魏公新河用孟浩然上巳洛中寄王九迥诗韵同芸社诸君作》。诗云：

> 觞禊桐花后，高轩到绮筵。
> 吟分落红外，思接永和前。
> 海气羊台绝，春心杜宇连。
> 坚盟安在迩，屈指几同贤。

第一句的"觞禊"，点明的就是上巳日。古人在这一天于水边祭祀，以消除不祥，谓之"修禊"。觞，当然是指曲水流觞了。桐花在清明时节开放，因清明固定在阳历的四月四日或五日，所以上巳节这一天可能在清明前，也可能在清明后。特别说在桐花落后觞禊，其实是用桐花落这一美丽的意象，来交代时间。高轩是宽敞的车子。

第二联是说，在落红满天的日子里，我们曾分题而咏，我们像永和九年的王羲之一样，有着对生命的感慨。

第三联中，羊台指深圳的羊台山，这两句是说海上的湿气被羊台山挡住了，我对你的思念却不像这海气一般被阻隔，在这暮春的日子里，听着杜鹃鸟凄切的啼叫，我们都有无限的感恰，我们的感时伤物之心，被杜鹃给连在了一起。

最后点明"寄"的题旨，好朋友之间的感情，不因未在近迩就会消减，人生又能有几个像您这样的知己呢？

我们都知道律诗四联中，第一联叫首联，第二联叫颔联，第三联叫颈联或腹联，第四联叫尾联，但是为什么这样叫呢？这是源于唐代的诗人白居易。他把一首律诗比作一条骊龙，龙首头角峥嵘，所以首联要直切题旨，先声夺人；骊龙的颔下，也就是下巴以下，是它汲天地灵气而养成的骊珠，故颔联又称诗喉，历来名句最多；第三联要能转动如意，龙身上颈、腹转动最灵活，故称颈联、腹联；而龙的尾巴有拍山掀海之伟力，尾联的结束一定要有力，只有这样，一首好的律诗才算完成。

有学员这样写：

> 上巳会梅岭，柳堤生别筵。
> 花开新雨后，燕绕旧堂前。
> 云岫两相伴，湖天一线连。
> 今朝送君去，何日再逢贤。

梅岭是深圳的地名，"上巳会梅岭"点出了时、地，而次句暗示因柳堤分别，故此要"寄"。颔联稍平淡了些，但颈联却是很好的句子，既是写实景，更是隐喻与所寄之人，如云、岫之依伴，又如湖、天之相接。结句也不算出彩，但作者对格律的运用已比较娴熟。"柳堤生别筵"是仄平平仄平，这一句很容易写成仄平仄仄平，但那样就孤平了，"云岫两相伴"是⑰仄仄平仄，这一句是⑰仄平平仄的变体，下一句可以是平平仄仄平，也可以是⑰平平仄平，而"今朝送君去"用的是平平平仄仄的等价句式平平仄平仄，它应该先还原为平平平仄仄，再来对下句⑰仄仄平平，这位学员都运用得很好。

又如这一首：

> 元巳花舒处，桂华明讲筵。
> 舞雩轻吹里，敲韵绮堂前。
> 海峤阴云散，春风芳思连。
> 怜君此间意，共我拜高贤。

这首诗作者是寄给芸社学诗的一位同学的。所以首联既交待了时间，也交代了作诗的背景。"桂华"是指月光，因每次学诗活动安排在周六的晚上，故云。

颔联中，"舞雩"本指通过乐舞祈雨，这里指舞雩台。此处为用典，孔子的学生曾皙向老师陈述理想："暮春者，春服既成，冠者五六人，童子六七人，浴乎沂，风乎舞雩，咏而归。""轻吹"的"吹"字念chuì，是指细小的风或者音乐，"玉吹""凉吹""歌吹""清吹"……凡是名词中的"吹"，都读作chuì。"敲韵"是推敲诗韵，形容作诗时的苦思。

颈联写得也不错，以"阴云散"暗喻得以同来学诗，故心情愉快，以"春风芳思连"指老师的讲授如春风化雨，同学的心智都得到了启迪。"峤"字有平声和去声两种读音，意思完全一样，这里念去声。而"芳思"之"思"，因是名词，就只能读去声。所以这两句的格律没有问题。

诗的缺点还是在尾联，收束不够有力。

而这位同学所"寄"的同学，也"还寄"给她一首：

上巳春枝满，邀君共盛筵。
纵游天地外，长啸水云前。
南越多康乐，北山思惠连。
呼来香蚁醉，畅饮忆先贤。

她在诗题中交代明白，寄这首诗，是要邀对方一同登山。故有"纵游天地外，长啸水云前"的豪想。

颈联用了典：谢灵运每对谢惠连，辄有佳句，有一次梦见谢惠连，遂写出"池塘生春草"的名句。这里是说，你就是我的谢惠连，我对着你，自然能写出好的句子来。

结句中的"香蚁"，指新酿的米酒，上有浮沫如蚁，故名。新学写诗的人，最难的不是中间的对句，而是结句难得有力，这首又是一条例证。

我们在学写诗时，一定要随身备一册韵书。像《诗韵合璧》

这样的韵书，每一个韵字下面，都列举了无数的成词，像"惠连"这个词，一般不会想到，但韵书可以帮到你。而勤翻韵书，自然掌握的词汇愈来愈多，写诗也就愈加得心应手。

因联而成诗

传统教作诗，都是从教起承转合开始。一个人刚学诗，老师先要求他胸中有明晰的主题，再安排妥当第一联怎么起，第二联怎么承，第三联怎么转，第四联怎么合。这样做违背了诗性思维的规律，也对初学者的能力提出了过高的要求。

诗与作文不同。文章家作文，大多先于胸中拟好提纲，列出一二三四，如何起笔，如何承接，如何转折以增加波澜，正说反说以面面俱到，最后又如何点明题旨，总结全文，这些都想好了，才会挥洒自如。诗不必像文一样细密理性，诗是感性的，诗人大多数时候是先有了一点感兴、一点触动，由此而先得一句或一联，再扩充成整首诗。诗的主题很少有一开始就明确了的，大多数情况下，是在全诗完成了，才会自然产生主题。

传说有"诗鬼"之称的唐代诗人李贺，经常骑一驴，让一小书童背着破旧的锦囊跟在后面，一旦得了好的句子，就取纸笔写好，投入囊中。回家后再根据所得的句子，完成全诗。这个故事意在说明李贺得句之快，其实一般的诗人作诗，大多也是先得好句，再成整首的。

古代奴仆又称"奚"，因有李贺的这个故事，人们把贮藏诗料的袋子称作"奚囊"。现代名画家溥儒，他的《寒玉堂诗集》书尾附了不少平日所作的精警的联语，那些也是他的奚囊中物。

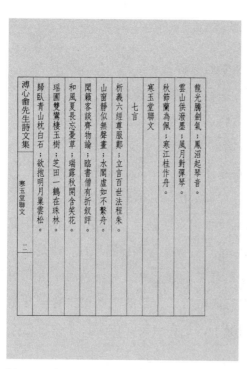

《寒玉堂联文》内页

业师陈沚斋先生在为近代诗人梁鼎芬的《节庵先生遗诗》作笺校时，得见其《课儿联》九百九十三副，由其弟子杨敬安手写油印。沚斋先生命我以《课儿联》中的联语为作业，要求学员择一联为基础，补足其他六句，而成一完整之五律。这一做法较逐句和古人的韵要难一些，但比起独立成诗要容易得多。

和韵成诗，就像是练书法的描红，由古人的联语或成句而足成诗，就像是临摹，独立成诗就是书法的自由创作了。

有学员得诗如次：

> 古意用"词源三峡水，诗思九秋云"入律
> 古意生清节，高心发正文。
> 词源三峡水，诗思九秋云。
> 楚畹人无二，唐风书逸群。
> 他年传文苑，名字合推君。

"词源三峡水"出自杜甫的诗句"词源倒流三峡水"。由"词源三峡水，诗思九秋云"这两句，有着学诗的基础——也就是背诵过不少唐宋名篇——的人，会第一时间想到杜甫的名作《春日忆李白》：

> 白也诗无敌，飘然思不群。
> 清新庾开府，俊逸鲍参军。
> 渭北春天树，江东日暮云。
> 何时一樽酒，重与细论文。

可知"词源三峡水，诗思九秋云"也适合放在一首怀人诗中，用以对所怀之人文辞的赞誉。

"诗思（sī）"的"思"字是名词，故与"词源"对仗。作者把这副联摆在了颔联的位置，当然，如果她愿意，也可以放在其他任何位置，摆放在不同位置，写出来的诗的意味是完全不一样的。

"云"是上平声十二文的韵，所以其他六句，都要从十二文的韵字中找。作者由颔联的这两句形容文辞风格的句子，联想到其人的道德品格比辞章更重要，所以首联用对仗的句法，写出其人尊崇古道，富气节，深于悲悯而发为正论的品格特征。颈联称颂对方的风度高雅，书法有唐风。尾联说假使他年修《文苑传》，一定要有对方的名字。"他年传（zhuàn）文苑"，"列传"的"传"用如动词。

另有学员得诗云：

> 放吟用"绿阴人静坐，芳榭鸟频来"入律
> 日杲上高台。天边云散开。
> 绿阴人静坐，芳榭鸟频来。
> 世路无长策，生涯有酒杯。
> 春郊放吟罢，明月共徘徊。

诗词中写树阴都用"阴"字，现在常有人写作"荫"字，但"荫"念作yìn，是仄声，写作"树荫""绿荫""春荫"都是不对的。

因颔联为近景，首联则为鸟瞰镜头，交代了时间——日出

之时，地点——高台，人物——我，行为——登览。一般登览诗的中间二联，一联写景，一联感慨，故颈联用来抒情，好与颔联搭配。尾联的"明月共徘徊"，化用的是李白的《月下独酌》："我歌月徘徊。"

又一首是用"坚心穿铁砚，佳字集珠船"入律：

> 焉知沧海客，终岁枕忧眠。
> 季世随风改，吾衰使气平。
> 坚心穿铁砚，佳字集珠船。
> 幸得斫轮手，高标大雅篇。

宋王应麟《困学纪闻·经说》："王微之云：'观书每得一义，如得一真珠船。'""珠船"用此典。"吾衰"出自《论语》："甚矣吾衰也，久矣吾不复梦见周公。""斫轮手"是斫轮老手的省称，则是《庄子·天道》里的典故。

此诗的第二联，误用了"平"字的读音。"平"既在下平声八庚韵中，也在下平声一先韵中，但只有在"王道平平"这个成语中，才念一先韵的音。被我指出后，改为"郑声赛鼓阗"，但犯了孤平，遂改定为"昏鸦赛鼓阗"。

但我们看这首诗前四句与后四句意脉断了，前四句是忧世之怀，后四句又变成了对"斫轮手"的颂扬，接不上。如果我们把这首诗的顺序调整一下，再改动几个字，诗意便圆融了：

幸得斫轮手，高标大雅篇。

坚心穿铁砚，佳字集珠船。

德草随风偃，文华着意妍。

莫教沧海客，终岁枕忧眠。

　　全诗大意是：幸有豪杰之士，提倡大雅，他们意志坚定，著述丰富，故能教化世人。希望不要再让处于沧海之上的野客，独抱文化衰亡之忧了。

　　"德草"句用《论语》上讲的"君子之德风，小人之德草。草上之风必偃"之意，"文华"的"华"其实就是"花"字，故与"德草"对仗。

　　又一诗云：

有感以"忧民愧一饱，救世戒多言"足成一律

观书慕圣贤。以血荐轩辕。

振羽雁鸿杳，当途鼠雀喧。

忧民愧一饱，救世戒多言。

勉力需吾辈，甘成曳尾鼋？

　　梁节庵原对的意思是，作为一名忧国忧民的士大夫，他惭愧于自己生活无忧，而社会贡献不足，是唐人"邑有流亡愧俸钱"之意。他认为要救世，不尚空言，须看行动。

此诗将梁节庵原联放在了颈联，很可能作者先想到了尾联，再写首联和颔联，这种情况在作诗时也十分常见。

"曳尾鼋"用《庄子·秋水》里的典故，说的是楚王派使者见庄子，要请他当宰相。庄子对使者说，有一头活了三千岁的神龟，你说它是愿意死后被人拿他的壳当珍宝呢？还是愿意"曳尾于涂中"（在烂泥里摆尾巴）呢？原典里曳尾涂中的是龟，这里因为要押上平声十三元的字，所以用近义词"鼋"来代替。

因有颈联尾联两联的意思，再想到自己所受的鲁迅先生的影响，遂有了首联，又用颔联来解释一下首联。

首联最大的毛病是，"我以我血荐轩辕"已是鲁迅的名句，此句缺乏剪裁，就有剿袭之嫌了。

又有学员以"读书兼学剑，忧国竟还家"入律，另一位学员则步他的韵和了一首：

原作：
我亦多情者，春来感岁华。
读书兼学剑，忧国竟还家。
世势元难挽，孤怀合自嗟。
眼前风物好，长忆去年花。
和作：
苏世林栖者，经春览物华。
读书兼学剑，忧国竟还家。

大道浮槎远，幽心伏酒嗟。

魂惊千里梦，弹泪杜鹃花。

和作胜于原作。原作把梁节庵的原对放在颔联，应是先完成了颈联，再前后各补首联与尾联。然而中间两联意脉相接，首尾二联又是另一意脉，把首尾二联合起，可成一意思圆融之五绝，中二联又可得一五绝，但交织在一起，却是离而不合，不能成为"一棵菜"。

"一棵菜"是京剧大师萧长华老先生的话。他认为舞台上一出好戏，每个人的表演都要和其他的人配合无间，像一棵大白菜一样，菜叶与菜叶咬得很紧。作诗亦当如是。上面的和作胜于原作，便因和作更像是"一棵菜"。

和作大概是从颔联出发，先写颈联、尾联，最后才写首联。"大道浮槎远"是《论语》里的典故，孔子说："道不行，乘桴浮于海。"尾联是受了唐代诗人崔涂的"蝴蝶梦中家万里，子规枝上月三更"的影响，子规就是杜鹃了。

首句的"苏世"，出自屈原的《橘颂》："苏世独立，横而不流。""林栖者"指的是隐士。全诗写一位清醒的隐士，在春日见物华更新，心有所思。

他虽曾读书学剑，却遭到贬黜，失意回家；因大道不行，只能借酒消愁；蓦然从报效国家的白日梦中惊醒，忍不住泪水溅湿了杜鹃花。

有人会质疑：在21世纪的中国，怎么会有这样的生活、这样的情感？这种质疑看似有理，其实不然。须知道学诗伊始，都是在练笔，只有把诗的技巧练得纯熟了，驱文遣词得心应手，才能很好地用诗词抒情达意。

近代诗人黄遵宪说："我手写我口，古岂能拘牵。"这是黄遵宪在镕铸六经、会通百家之后，才做出的尝试，而实际上他用俗语入诗的尝试已经被证明是失败了的。如果一个什么书都不肯读的初学者，也在嚷嚷着"我手写我口"，不肯向古人虚心学习，恐怕永远也写不好诗。

炼句与诗的语言

有一位从事吟诵教育多年的老师，以前虽然因为学习吟诵而基本掌握了近体诗的声律，但一直没有动手练习写作，因此在学诗的路上进步总也不大。最近她终于开始练习写诗了，但说五律太难，还是想着先写七言绝句。我告诉她，一切贪图方便的学习都是陷阱。

她自己也是教师，当然明白这句话是一切学问领域都适用的经验之谈。但因为她还没有实践经验，并不能明白为什么学诗要从五律学起。其实也简单，从五律学诗，是为了学习锤炼句子，让写出的诗句是"诗的"句子，而不是"日常语言的"句子。

诗的句子与日常语言的句子要有不同。故诗而有法，当自炼句开始。

我曾见到一位朋友的诗：

白石池前老莲叶，青枫桥畔落梧桐。

九秋风露凉初透，犹有寒花一穗红。

　　我特别对这位朋友说，"犹有寒花一穗红"这一句是"诗的"句子。诗的句子，就是与日常语言不同的句子，它不像日常语言那样仅仅为了基本的交流，它是能带给人鲜明的意象和美的感动的另一种语言，无论在句子的成分还是语序上，都与日常语言不同。

　　倘使这一句改作日常的语序，就该是"犹有一穗红寒花"，但这样显然就不是诗的语言了。假如再补足它的意思，就得是"犹有一穗红寒花在倔强地开放"，意思虽然明白，却失掉了诗的兴味。

　　诗的语言最重要的特征就是凝练，所以要省略掉一些日常语言中通常会有、但在诗中却可有可无的成分。比如：

重题郑氏东亭

杜甫

华亭入翠微。秋日乱清晖。

崩石欹山树，清涟曳水衣。

紫鳞冲岸跃，苍隼护巢归。

向晚寻征路，残云傍马飞。

我们要是把诗中的成分按日常语言补足，就该是这样的：

　　华亭入（于）翠微（之中），秋日乱（射出）清晖。（如）崩（之）石欹（于）山树（上），清涟（里）曳（着）水衣。紫鳞冲岸（而）跃，苍隼护巢（而）归。（我）向晚寻征路，残云傍马飞。

又如：

登兖州城楼
杜甫

东郡趋庭日，南楼纵目初。
浮云连海岳，平野入青徐。
孤嶂秦碑在，荒城鲁殿馀。
从来多古意，临眺独踟蹰。

要补足它的成分，该是这样的：

　　（我在）东郡趋庭（之）日，（是）南楼纵目（之）初。浮云连（于）（东）海（泰）岳，平野入（于）青（州）徐（州）。孤嶂（有）秦碑在，荒城（为）鲁殿（之）馀。（我）从来多古意，临眺独踟蹰。

可见，诗的语言一定是简省凝练的。

有一个简单的方法，可以提升语言的简练程度，那就是尽量让一句当中只用一个虚字，这个字起到一句之骨干的作用。前引杜甫二诗，第一首中这样的字是"入""乱""敧""曳""跃""归""寻""飞"，第二首是"日""初"（这两个字是实字活用如虚字）、"连""入""在""馀""多""独"。

为了实现诗的语言的凝练，还有一个行之有效的方法，那就是将两个句子压缩为一句，这样尤其能造成语言的张力。

送张判官赴河西

王维

单车曾出塞，报国敢邀勋。

见逐张征虏，今思霍冠军。

沙平连白雪，蓬卷入黄云。

慷慨倚长剑，高歌一送君。

"单车曾出塞"，其实是曾乘单车、曾出塞两句的压缩；"报国敢邀勋"，也是为了报国，岂敢邀功勋这两句的压缩。"沙平连白雪"，是沙原平整，而与白雪相接；"蓬卷入黄云"，是飞蓬卷起，连到远天的黄云中去，都是把两句压缩成一句。

辋川闲居赠裴秀才迪

王维

寒山转苍翠，秋水日潺湲。

倚杖柴门外，临风听暮蝉。

渡头馀落日，墟里上孤烟。

复值接舆醉，狂歌五柳前。

　　"倚杖柴门外"，是倚杖、在柴门外闲立的压缩；"临风听暮蝉"是临风和听暮蝉两个句子。需要说明一下的是，这首律诗不像一般的律诗那样中间二联对仗，而是第一联对仗，第二联不对仗。这是律诗中所允许的一种特殊的格式，叫作"偷春格"。而喻守真先生不识此格，乃谓："此诗的前四句有颠倒错乱之处，因为律诗颔联要讲究对偶，'倚杖'可对'临风'，但是'柴门外'绝不可以对'听暮蝉'，如果将一二两句移作颔联，三四两句移作起句，那对于平仄格律既不失粘，在意义上也比较自然。"（《唐诗三百首详析》）如按喻氏之说做调整，诗就变成："倚杖柴门外，临风听暮蝉。寒山转苍翠，秋水日潺湲。渡头馀落日，墟里上孤烟。复值接舆醉，狂歌五柳前。"先不说原作以直道眼前景兴起，清婉自然，改以"倚杖""临风"起，便觉刻意有为；单说这样一调整，第四句"秋水日潺湲"与第五句"渡头馀落日"就完全失粘了。

炼句的一个基本原则就是：复句一定比单句更好。

何谓复句呢？复句有两种情况，一种是两个并列的独立的句子，组合成一句，就是前面所讲的两句压缩成一句；另一种情况则是一个独立的句子，去作了另一个句子的成分，如上面的"复值接舆醉，狂歌五柳前"，是"接舆醉而狂歌于五柳先生之前"这一长句，作为"值"的宾语。

老杜最善此法，如《夜宴左氏庄》：

> 林风纤月落，衣露净琴张。
> 暗水流花径，春星带草堂。
> 检书烧烛短，看剑引杯长。
> 诗罢闻吴咏，扁舟意不忘。

首联第一句，是林中起风，纤月落下这两句的压缩；第二句是衣上沾满露水与净琴张起弹奏这两句的压缩。

"检书烧烛短"是检书看而不觉时间流逝，蜡烛渐烧到尽头；"看剑引杯长"是把玩宝剑，不自觉饮酒过量，都是压缩成句，更觉峭拔。

这种压缩，多是从骈体文的对仗中变化出来的。"林风纤月落，衣露净琴张"就是"林风而纤月自落，衣露而净琴漫张"，"检书烧烛短，看剑引杯长"则是"检书而烧烛渐短，看剑而引杯甚长"。

又如杜甫的名句"绿垂风折笋，红绽雨肥梅"（《陪郑广文游何将军山林》），就是典型的骈文句法的压缩："绿垂者何？风折笋也。红绽者何？雨肥梅也。"

《秋兴八首》中的"红稻啄残鹦鹉粒，碧梧栖老凤凰枝"，意为：红稻乃啄残鹦鹉之粒，碧梧乃栖老凤凰之枝。此联上句，常见的杜诗版本都写作"香稻啄馀鹦鹉粒"，是无法解说得通的。杜甫的意思是当时物阜民丰，红稻太过丰盛，连鹦鹉都啄不完，啄得脖子都快残了，这才与下联的"碧梧栖老"对仗。

他的《得弟消息二首》（其一）：

> 近有平阴信，遥怜舍弟存。
> 侧身千里道，寄食一家村。
> 烽举新酣战，啼垂旧血痕。
> 不知临老日，招得几人魂。

"近有平阴信"是近有平阴的来信，"平阴信"本是独立的句子，却作了"有"的宾语；"遥怜舍弟存"，"舍弟存"也是独立的句子，却作了"怜"的宾语。"烽举新酣战，啼垂旧血痕"是"烽举乃新酣之战，啼垂犹旧血之痕"的压缩。而尾联"临老日招得几人魂"，是整个儿作为"不知"的宾语的。

宋代的陈与义是学杜有成的大家。我们且看他的《渡江》，也是用了这样的炼句法：

江南非不好，楚客自生哀。

摇楫天平渡，迎人树欲来。

雨馀吴岫立，日照海门开。

虽异中原险，方隅亦壮哉。

中间二联，分别是"摇楫而天可平渡，迎人而树欲下来""雨馀而吴岫孤立，日照而海门洞开"的压缩，用两个单句组成复句，五字即有两句意，当然是简省之至、凝练之至了。

道家修炼理论认为，逆胜于顺，逆则贵，顺则贱。诗中的炼句，如果注意到倒装的运用，往往比按日常语序平顺道来更加可贵。故而炼句的第三种方法，就是以逆胜顺。

如杜甫的《秦州杂诗二十首》（其七）：

莽莽万重山。孤城山谷间。

无风云出塞，不夜月临关。

属国归何晚，楼兰斩未还。

烟尘独长望，衰飒正摧颜。

颈联"属国归何晚，楼兰斩未还"，正常语序是：何属国之晚归，未斩楼兰而还——属国（苏武在胡地一十九年，守节不辱，归国封为典属国。故以代指苏武。）多么晚才回到大汉！傅介子这样的英雄，还没能斩下楼兰王的头颅，为国立功。这里把最重要的两个词"何（多么）晚"和"未还"放到后面，就更加显示出诗人的忧国之心了。如果换一种分析方法，也可以认为"何晚""未还"是句子的谓语，而"属国归""楼兰斩"这两个独立的句子，是作为复句中的主语而存在的。

这种逆写的句法，古人之作中不胜枚举。如：

"老树空庭得，清渠一邑传"（杜甫），就是空庭得老树，一邑传清渠；

"警急烽常报，传闻檄屡飞"（杜甫），就是常报警急烽、屡飞传闻檄；

"兴阑啼鸟换，坐久落花多"（王维），就是兴阑换啼鸟，坐久多落花；

"九门寒漏彻，万井曙钟多"（王维），就是九门彻寒漏，万井多曙钟；

"江树临洲晚，沙禽对水寒"（刘长卿），就是江树晚临洲，沙禽寒对水；

"空巢霜叶落，疏牖水萤穿"（贾岛），就是霜叶落空巢，水萤穿疏牖……

逆写最简单的方法，就是把句子中的动词或形容词置于最后，以形成奇崛的效果。

友人某教授的一首诗，原作：

卅载意悠悠。吴山昔共游。

塔高增逸兴，鬓白减闲愁。
梅发知春信，铃鸣伴旅鸥。
寒江堆雪浪，映日暖瓜州。

在注意到一些炼句的原则后，改为：

卅载意悠悠。吴山昔与游。
登楼吟粲赋，临水送沙鸥。
梅发知春早，铃鸣入旅愁。
寒江卷层雪，挟日拍瓜州。

气象迥然不同。可见诗不厌改，如能在作完一首诗后，运用上炼句的原则，是会让语言更加粹美的。

从五律到七律

在精熟五言律诗的作法之后，就可以尝试七言律诗的作法了。

五律的句法精简，所以诗意较蕴藉，不如七律在情感上更加放得开。但反过来说，七律又不及五律来得精炼含蓄。

比如清代诗人史澄，其《退思轩诗存》中就有相同主题的两首诗：

百花坟吊张二乔

一卷莲香集，千秋倩女名。

同时难望我，不寿正怜卿。

薄命花同慨，流芳草自荣。

钱塘苏小小，佳话未能争。

吊张二乔

容华不独人间少，选到阳侯事亦奇。

夺爱难销名士妒，钟情应笑水神痴。

繁华梦醒春风渺，环佩魂归夜月知。

赢得千秋同婉惜，美人合死少年时。

明末广州歌者张乔，号二乔，善诗词，精画兰、操琴，不幸年十九而夭。传说她曾梦见恶神水二王，定下日期时辰，要聘之为妃，果然那就是她逝世的时间。在她去世之后十二年的南明弘光元年（1645），她的爱人彭日祯，为她举办了一场震撼一时的葬礼，广州诸诗人以至高僧名媛，每人持一诗吊之，又植一花于其坟前，号花冢，清代中叶后渐被称作百花冢、百花坟，成为广州白云山的名胜，历来凭吊者不绝。

史澄的两首诗，都是游百花坟凭吊之作，主题也都是惜其夭亡，但两首风格就有着明显的区别。五律的情感更冷静蕴藉，而七律的情感就深婉缠绵了不少。

大致说来，五律会尽量地减省掉作者的抒情因素，而力图让读者感受到他未曾说出的情感；七律则努力要让读者明白，作者究竟想要表达什么样的思想感情。五律侧重于对客观世界的表现，仿佛是一帧影像、一台哑剧，通过画面和不出声的动作，引发读者的联想，激起读者的情感共鸣。而七律则像是一部完整的电影，有故事，有动作，有声音，呈现出更加丰富的声光效果。这一效果的实现，依靠的是增加五言诗的句子成分，在五言诗句中不需要的乃至必须被减省掉的成分，往往是七言诗中不可或缺的部分。

我们不妨把第一首改为七律，第二首改为五律，就可以更清楚地看出，七律中有一些成分是不能被轻易减省的，而五律中有一些成分又是不能随便增加的：

改史澄百花坟吊张二乔

凄凉一卷莲香集，曾记千秋倩女名。

梅坳当时难望我，舜华不寿正怜卿。

可堪薄命花同慨，终古流芳草自荣。

苏小钱塘坟墓在，多情佳话未能争。

改史澄吊张二乔

不独容华丽，凌波事亦奇。

难销名士妒，应笑水神痴。

梦醒春风渺，魂归夜月知。

千秋同婉惜，芳陨少年时。

将第一首五律改成七律，首句多出了"凄凉"二字，这两字是作者读《莲香集》的感受，也是对本书的评论；次句加了"曾记"，表明"千秋倩女名"不止是一种客观事实，也有作者对张乔的景仰之情在。首联的改动，至少是不减分的。

梅坳在白云山北麓，是百花冢所在地，原诗中的"同时难望我"变成"梅坳当时难望我"，就更加明确了感慨：可惜弘光元年营葬时，作者没有在场。但明确了诗意的同时，也让诗境变窄了，令读者丧失了联想的机会。舜华即木槿花，朝开暮落，比喻极短暂的生命。用上此典，让"不寿正怜卿"的感慨更加形象，然而却不如原句精粹有力了。颔联的改动优劣互见。

颈联和尾联改作后，相对原诗没有增加任何情感因素，徒然让句子变得冗长，可知这些成分的增加是没有必要的。

第二首原诗中的"阳侯"，是神话传说中的陵阳国侯，溺水而死，其神能为惊涛骇浪。"选到阳侯事亦奇"是说张乔成为水神猎艳的目标，这件事十分奇异。为了就合声律，只好牺牲掉这个典故，而改用出自曹植《洛神赋》的语典"凌波"。但很显然，这样一改，诗意损失不少。

颔联删去"夺爱""钟情"，故事背景就不明晰了，也让"难销""应笑"落到了空处。

颈联去掉"繁华""环珮"，这两句显得更有骨力，但却丢失了肌理丰盈之美。

尾联的改动，让诗意变得浅薄了。原诗意思是，美人早逝是最让人惋惜的，所以美人与其等年华老去再离世，不如在最美好的时候死去，这样才会让人怀念。改后就没有这一层意思了。原诗大多数的成分，都是不可减省的。

五言衍为七言，不止是字数的增加，也带来更加直露的情感、更加华美的文辞和更加深邃的思想。所以，七言律句比五言律句所增加的成分，一般都是为着这三个目的而存在的。

比如：

晴川历历汉阳树，芳草萋萋鹦鹉洲。(崔颢)
窗前绿竹生空地，门外青山如旧时。(李颀)
吴宫花草埋幽径，晋代衣冠成古丘。(李白)
秋水才深四五尺，野航恰受两三人。(杜甫)
竹叶于人既无分，菊花从此不须开。(杜甫)
秋草独寻人去后，寒林空见日斜时。(刘长卿)
野棠自发空临水，江燕初归不见人。(李嘉祐)
川原缭绕浮云外，宫阙参差落照间。(卢纶)
秦地故人成远梦，楚天凉雨在孤舟。(李端)
……

初学者往往分不出华美与繁冗的区别，故上手写七律，最易犯的毛病是句子臃肿。这可以在写好后先试着改成五律，如果改好后发现意思更佳，就说明有不少的句子需要锤炼，而如果发现改成五律后损失了很多意思，则说明作七律已经及格了。

如何去锤炼句子呢?《红楼梦》中香菱学诗的情节，可以提供参考。

香菱向林黛玉学习写诗，黛玉给她出的题目是《吟月》，限上平声十四寒的韵。香菱第一次作的是：

月挂中天夜色寒。清光皎皎影团团。

诗人助兴常思玩（wàn），野客添愁不忍观。

翡翠楼边悬玉镜，珍珠帘外挂冰盘。

良宵何用烧银烛，晴彩辉煌映画栏。

黛玉评论说，"意思却有，只是措词不雅"，并直截了当指出措词不雅的原因是读诗太少了。

措词不雅，主要表现在第二句和第五、第六句。"清光皎皎影团团"犯的正是初学者易犯的臃肿之病，连用两个叠词，给人的感觉就是词汇量不够，只能靠叠词来凑，而"光皎皎"与"影团团"是结构一模一样的句内对，就显得冗馀重复。五六两句犯的是合掌之病，一联中上下句意思一样，思路打不开。这些都是不够雅的体现。

香菱的第二稿改为：

非银非水映窗寒。试看晴空护玉盘。

淡淡梅花香欲染，丝丝柳带露初干。

只疑残粉涂金砌，恍若轻霜抹玉栏。

梦醒西楼人迹绝，馀容犹可隔帘看。

黛玉评价了四字："过于穿凿。"穿凿是牵强附会之意，主要是指第二联的意境与月亮关系不大。柳带即柳枝，因枝字出律，故改为衣带之带，以形容柳条如人之衣带。这两句意思是，梅花喷出淡淡的花气，仿佛要把月亮给熏染得香气袭人；像丝绦一样的柳枝，叶上的露水在月光下也干掉了。这是造出来的假景，很难让人联想到月亮的情态。

但本诗最根本的毛病，黛玉并没有说，问题仍是在句法上的臃肿。

第一句的"非银非水"，只是比喻月亮的色泽，意思肤浅，结构纤弱。第二句"试看"二字完全不必要。五六两句仍然是合掌，而假使删掉"只疑""恍若"，对诗意没有任何影响，可知句子臃肿不堪。唯独尾联说闺中人西楼梦醒，孤寂难当，天上一钩残月（馀容）照入帘中，仍可给她以一点慰藉，意思倒是可嘉的。

香菱第三次的改稿，得到了大观园中众人的一致称赏，诗云：

> 精华欲掩料应难。影自娟娟魄自寒。
> 一片砧敲千里白，半轮鸡唱五更残。
> 绿蓑江上秋闻笛，红袖楼头夜倚栏。
> 博得嫦娥应借问，缘何不使永团圞。

诗的第二句"影自娟娟魄自寒"依然有叠词和句内对所导

致的臃肿羸弱的毛病，但像"一片砧敲千里白，半轮鸡唱五更残""绿蓑江上秋闻笛，红袖楼头夜倚栏"这样的句子，句中成分都是无可减省的，可知是合格的七言句了。

全诗的意思也十分浑成，首联写月色之明亮可爱，不为层云所掩；次联上句暗用李白诗"长安一片月，万户捣衣声"的句意，这样自然典雅，下句是说不眠之人在晓鸡高唱的五更天，痴看着半轮残月；三联讲月添人别绪愁怀，无论是在秋风江上还是春夜楼头，无论男女，都对月生叹；结联深化题旨：这日日变化的月相，会让嫦娥来询问，为什么不能长久圆满无亏呢？

当然，"借问"一词一定要接宾语，而且一般"借问"都是作者来问，"博得嫦娥应借问"似不太通。如果改成"借问嫦娥缘底事，不教云外永团圞"，还是香菱想表达的意思，但句子就要圆融得多了。

再调整一下首联，全诗可改为：

> 霜华欲掩料应难。碧海孤飞魄自寒。
> 一片砧敲千里白，半轮鸡唱五更残。
> 绿蓑江上秋闻笛，红袖楼头夜倚栏。
> 借问嫦娥缘底事，不教云外永团圞。

由香菱学诗的过程，我们大致可以要求初学者：

（一）尽量不要用叠字；

（二）尽量不要用句内对。

这样写出来的七律句法自然清健。

在《红楼梦》中，黛玉要香菱多读杜甫的七律，认为是学习七律的法门。其实，元代方回所编的《瀛奎律髓》，把唐宋两代的律诗佳作大都选入，是学习五律、七律的典范选本。多读多临摹这本书中的诗作，对提升五七言律诗的创作水平，有极佳的功效。

如何妥帖地排布意象

无论是作诗还是填词，又或者写一篇文章，第一要紧的宗旨不是美，而是浑成。就像大多数青年人找对象，首先得五官端正，才能论及其馀。

诗词都是依靠描写意象来抒情达意的，一首诗，一阕词，都是很多意象的组合。每一个意象不能各自为战，不能彼此之间了无情思，而应该存在有机的联系。

初学诗词的人，见眼前景致纷繁，总想都写入诗中，不知未经妙手的剪裁，单是把自然界的景物堆到一处，写出的诗词便不能浑成，而徒然是意象的堆砌。譬如把各种浓烈的色彩涂在一张画布上，那不是真正的艺术，或者至少不是古典的艺术。

做中西文学比较研究的学者，常常会举元人马致远的《天净沙·秋思》小令为例，以说明中国诗词不太讲究语法，单只是罗列意象，就可以是很好的一首作品了：

　　枯藤老树昏鸦。小桥流水人家。古道西风瘦马。夕阳西下。断肠人在天涯。

　　依着现代语法的概念，我们可以说这首小令只有两个符合现代语法要求的完整句子，"夕阳西下"和"断肠人在天涯"。其中的意象包括了：枯藤、老树、昏鸦、小桥、流水、人家、古道、西风、瘦马、夕阳、断肠人、天涯，前三句都分别是三个意象的罗列，第四句赋予了夕阳以"西下"的动态，第五句是一篇之眼，也点明了题旨，是写天涯游子悲凉孤寂的情怀。

　　这首小令恍如一幅画，我们读后立即可以强烈地感知曲子中描写的场景，也能对断肠人漂泊天涯的心情产生出深挚的同情。何以会如此呢？秘密就在于曲子中的意象，都是有内在关联的，它们形成了若干个意象群，产生出一种集团作战的合力，从而更有力地打动我们。

　　枯藤与老树之间有何关联？藤向来是缠于树干的，鸦则栖于树上。枯藤、老树、昏鸦，都是中国诗人造出来的文学词汇，它们的共同特点是，实字前面的虚字，都带有一定的感情色彩。而这三个带感情色彩的虚字：枯、老、昏，又都能给人一种荒凉死寂的感觉，故此连在一起会十分和谐。这是第一个意象群。要是我们换成青藤老树，或者枯藤绿树，昏鸦换作栖鸦，马上就失去了这种和谐感。

小桥跨过流水之上，流水又绕人家屋前而过，这三个意象也是关联在一起的，是第二个意象群。第二个意象群的共同特点是有生气，故与第一个意象群互相映照，这就有了对比，也就有了诗的张力。

我们可以想象出一幅画面：近景是枯藤老树昏鸦，中景是小桥流水人家，而远景则是古道西风瘦马——它们的连带关系不必赘言，而它们的共同情感寄托则是孤独、荒凉、倔强。有了这三个意象群作铺垫，则有了曲家的艺术想象：夕阳西下，断肠人在天涯。假使有这样的一幅画，夕阳落山的景象和断肠人都是不必再着墨绘出的，我们自可于想象得之。

这是元曲中的著名例子，由着这一支曲子，我们可以归纳出写作时要注意的两点：一是相邻近的意象之间要有关联，要能形成意象群；二是意象本身就该带有一定的感情色彩，那些负责调配感情的虚字，必须与相邻的虚字是和谐的。

好比李玉（一说徐子超作）《千忠录·八阳》中的《倾杯玉芙蓉》，"但见那寒云惨雾和愁织，受不尽苦雨凄风带怨长"，要是写成浓云薄雾和愁织（李清照词有"薄雾浓云愁永昼"句），暴雨飘风（老子曰：飘风不终朝，骤雨不终日）带怨长，那就无法动人了。

通过虚字让意象之间产生联系，以形成意象群，就像书法不能只顾单字的结体，而应该有联章的照应。

意象之所以与景象不同者，则在于意象有"意"，有诗人的意识贯注，是带着情感色彩的"象"。

此两点是历代诗家所共知的秘密。

如初唐宋之问《题大庾岭北驿》：

> 阳月南飞雁，传闻至此回。
> 我行殊未已，何日复归来。
> 江静潮初落，林昏瘴不开。
> 明朝望乡处，应见陇头梅。

首联先用农历十月（阳月）大雁南飞，到大庾岭而飞越不过去的传说来起兴。十月雁南飞，为庾岭所阻，本来只是对传说故事的一次没有感情的复述，但加上"传闻"这两个虚字，就有了诗人的意识在其内了。

颔联上句的"象"是诗人的行动：我行未已；下句的"象"是诗人的心理活动：何日归来。但各加了一"殊"字一"复"字，就相当于书法中的顿笔，强调了笔画，更加增益了诗句的情感浓度。大雁不度岭，而我却要度岭继续南下，不知何日北归，这是两组意象间的呼应。

颈联仍写眼前景，决不跳跃到别的空间、别的时令中去。初学者易犯的毛病是在一首诗中历遍春夏秋冬，或者从白天到黑夜都写到。初学时要假定自己是一名摄影师，面对的是一帧照片，所有的描述、想象、抒情、议论，都该围绕这一帧照片展开。

颈联的意象是平静的江水、初退的潮、昏暗的林子、浓得遮住望眼的瘴气，它是通过骈文句法的压缩来组织意象的：江静因潮之初落，林昏为瘴而不开。

尾联中的"陇头梅"是反用了一个著名的典故：陆凯与范晔相善，陆凯自江南寄梅花一枝给长安的范晔，并赠诗曰："折花逢驿使，寄与陇头人。江南无所有，聊赠一枝春。"此句是说将来（"明朝"有后来、将来之意）在登高望乡之地，应有朋友自长安寄来问候。因有"明朝"一词作为联系，在时间上便与开头的"阳月"不矛盾了，否则，梅花与阳月是不能同时出现的。

再如李白的《渡荆门送别》：

> 渡远荆门外，来从楚国游。
> 山随平野尽，江入大荒流。
> 月下飞天镜，云生结海楼。
> 仍怜故乡水，万里送行舟。

次联的"山"与"平野"，"江"与"大荒"，是依靠着"随""尽""入""流"四个虚字而产生了密切的关联。山不是静态的山，是随平野而尽（于视野中）的山，江是滔滔不息流入大荒的洪流。这样意象与意象之间勾连不绝，便无堆砌之弊了。

下一联是说月亮向西流，如天空中飞镜；云彩向上涌起，如结成海市蜃楼，这仍是用骈体句法压缩成诗句，也是通过骈句压缩的方法，让意象与意象之间有了灵动的气息。

杜甫的《别房太尉墓》：

> 他乡复行役，驻马别孤坟。
> 近泪无干土，低空有断云。
> 对棋陪谢傅，把剑觅徐君。
> 唯见林花落，莺啼送客闻。

诗以哀挽他的老友，曾在玄宗时任宰相的房琯。唐肃宗继位后，房琯无罪而被贬。杜甫曾上疏（shù）力谏，而得罪了肃宗，差点连命都丢掉。房琯去世两年后，杜甫在阆州房琯墓前凭吊。

古人称此诗颔联两句"能融景入情"，又称另一位诗人严维的"柳塘春水漫，花坞夕阳迟"能"寄情于景"（吴乔《答万季野诗问》二十九），其实都是在说只有把意象和意象组合成意象群，才会有动人的力量。

"近泪无干土"，是"土因近于泪而无干处"之意，这是逆写的句法，比写"泪水溅湿坟前土"更有强调的作用，泪与坟前土的意象间，也就存在着极强的黏性，不可分割。"低空有断云"，是"断云从空中低垂下来"，也同样是逆写，同样是让天空和断云两个意象结合得特别紧密。

中唐刘长（zhǎng）卿号"五言长城"，他的五言诗，情浓句健，很值得认真研读。情如何浓？句如何健？就要靠意象的组织经营与句法的锤炼。

如《饯别王十一南游》：

> 望君烟水阔，挥手泪沾巾。
> 飞鸟没何处，青山空向人。
> 长江一帆远，落日五湖春。
> 谁见汀洲上，相思愁白蘋。

首句"烟水阔"是一个意象，"望君"又是一个意象，但连在一起就有了呼应。"飞鸟"指的是船只，因古人船头要绘着水鸟，故用以代指船。"飞鸟没何处"，就是说船已消失在地平线了，它到底去了哪里呢？"青山空向人"，是说只有青山寂然不动，空自地对着自己。这是青山的静，反衬行舟的动。前四句，读者自能想象到，友人王十一的船已消失在烟水茫茫的天际，而作者仍伫立不去的心情。

颈联的意象纯出自想象，它们不是眼前之景，所以不妨从空间上跳跃开去。"一帆"其实是说王十一这一个人，用"一"写他在南方的孤独；"五湖"是太湖，诗人用"落日五湖春"寄托着美好的祝愿，意思是，只要有落日照映的地方，春色都与你相伴。

尾联又切换到眼前景来，说的是汀洲上的白蘋，也与诗人一样因相思而愁苦。尾联的句法很特殊，"汀洲上相思愁白蘋"是"谁见"的宾语，这十个字是不可割裂的整句，古人称作"十字格"。

意象的营造和组织，是学诗的一大关键，平时读诗、临摹名作时，可以特别地分析一下原作的意象，以及它们是如何组成意象群的，然后运用到自己的临写中去。一旦此关打通，就可算得上入门了。

诗的篇法基础：虚实相生

很多朋友下笔写诗，生怕读者不理解似的，总想着把心中所想完全表达出来，满篇都是抒情、议论，而缺乏形象。这就像是一幅挤得满满当当的画，很难谈得上美感。

而另外有少数朋友，他们的笔下满纸烟岚，全是对景色的描写，看上去文辞优美，却看不到他们自己的情感波动、思想活动。

前一种人，是太渴望表达自己，却不知诗首先是要来表现自己的内心，而非为了表达自我、与人交流。后一种人，往往具有较高的语言天赋，然而写出来的只如徒具外形的纸花剪彩，没有诗的灵魂。

宋欧阳修《六一诗话》中记载了一个有趣的故事：

> 国朝浮图，以诗名于世者九人，故时有集号《九僧

诗》，今不复传矣。余少时闻人多称之。其一曰惠崇，馀八人者，忘其名字也。余亦略记其诗，有云："马放降来地，雕盘战后云。"又云："春生桂岭外，人在海门西。"其佳句多类此。其集已亡，今人多不知有所谓九僧者矣，是可叹也！当时有进士许洞者，善为辞章，俊逸之士也。因会诸诗僧分题，出一纸，约曰："不得犯此一字。"其字乃山、水、风、云、竹、石、花、草、雪、霜、星、月、禽、鸟之类，于是诸僧皆阁笔。

九僧的语言十分粹美，但因为缺乏思想感情，构思作品时就总在自然景物中打转，写不出真正动人的作品，当然也就很快被人遗忘。

诗中形象多而情感意思少，是可以通过技术手段来补救的，反之如果诗中情感意思多而形象少，也同样可以通过技术手段来补救。这种技术手段就是虚实相生的谋篇布局之法。

诗的终极目的是抒情或者言志，而诗中描写景物或叙事，都是为了托物寓兴，即事言志，景或事起着映衬烘托的作用。故凡是抒情、议论的内容，便是实，凡是写景的、叙事的内容，便是虚。

一首好的诗词，一定是虚实搭配得宜的。太实了不耐咀嚼，太虚了甜俗可厌，总要在虚与实之间求得中庸，才可能成为佳作。

如孟浩然的《望洞庭湖赠张丞相》：

八月湖水平。涵虚混太清。

气蒸云梦泽，波撼岳阳城。

欲济无舟楫，端居耻圣明。

坐观垂钓者，徒有羡鱼情。

此诗是一首请求受诗者予以接引的干（gān）谒诗，作者的目的，是希望得到曾任丞相的张九龄的举荐而进入仕途。但求人而不失身份，只说自己因向来无人提携，故只能在圣明的盛世因不得为国效命而感到羞耻。看着别人青云直上，未免心生羡慕。

后四句是实写，前四句则是虚写。虚写的部分，写出洞庭湖浑灏的气象，故为千古名句。清代屈复说："前半何等气势，后半何其卑弱！"（《唐诗成法》）未免责备贤者了。如果没有后半的抒情，前半再好，也是空洞的。

需要特别指出，本诗的首联是一种特殊的拗救。仄仄平仄平，是孟浩然个人喜欢用的句式，当它作为上句时，下句必须是⓪平平仄平，他的"北阙休上书，南山归敝庐"也正是这样处理。由此我们知道这里的"混"字只能念hún。孟浩然还喜欢用这种句式作下句，如"卧闻海潮至，起视江月斜""楚关望秦国，相去千里馀"，上句都作⓪平仄平仄。但这不能作为近体诗拗救的通例，而应看作是把古风的句法用到了律诗当中，是一种破格。

又如杜甫的《登岳阳楼》：

　　昔闻洞庭水，今上岳阳楼。
　　吴楚东南坼，乾坤日夜浮。
　　亲朋无一字，老病有孤舟。
　　戎马关山北，凭轩涕泗流。

　　首联是叙事的虚写，但虚中有实。它的上句"昔闻"，是得诸传闻的虚写，而下句"今上"，则较实了一些。

　　颔联写景，当然是虚笔。颈联抒情，则是实写了。

　　尾联大体是抒情，属于实写，但却实中有虚，"戎马关山北"是来自想象，略有些虚；"凭轩涕泗流"则写眼前事，乃是纯然的实。

　　再看梅尧臣的名作《鲁山山行》，同样是错综交互，虚实相生：

　　适与野情惬，千山高复低。
　　好峰随处改，幽径独行迷。
　　霜落熊升树，林空鹿饮溪。
　　人家在何许，云外一声鸡。

　　首句开门见山，先抒情实写，以此切入，次句接以"千山高复低"，便转为虚写。

额联又接着虚写景色，但虚中有一点实：峰是好峰，径为幽径，这两个意象都是有情感注入的；"随处"写出诗人心中的轻松无挂碍，"独行"写出探幽寻胜的自适，都不是纯粹的写景。便如太极图中，阴里有点阳，阳里又有一点阴。

颈联是虚写景，以更作烘托。

尾联到底是实写还是虚写呢？尾联有作者的心理活动："人家在何许？"这是实写，而作者没有让结句坐实，却是从听觉着手，虚写了一句"云外一声鸡"，让你自个儿去想象。

为什么梅尧臣的这首诗，不像杜甫的《登岳阳楼》那样，尾联用实写结束呢？这涉及诗中结句的技巧。

如果写诗时的情感特别充沛，就可以像杜甫一样实写到底；而如果诗中只是要表达一些恬淡的闲情逸致，那么就不如通过虚写留给读者以想象。

古人所谓的言外之意，象外之旨，不外于是，所谓情不够，景来凑是也。

无论是五言还是七言，无论是古风还是近体，无论是诗还是词，虚与实相间搭配的原则，都是通用的。

七律如李德裕的《谪岭南道中作》：

> 岭水争分路转迷。桄榔椰叶暗蛮溪。
> 愁冲毒雾逢蛇草，畏落沙虫避燕泥。

五月畲田收火米，三更津吏报潮鸡。

不堪肠断思乡处，红槿花中越鸟啼。

作者李德裕是晚唐时的名臣，唐宣宗李忱即位后，李德裕被贬往岭南，这首诗即作于其时。

首联只是白描式的写景，纯是虚写。

颔联既是在记行程的艰苦，更是在写忧谗畏讥的心理状态，因此是实写。

颈联的上句，是写眼前所见，仍属于虚写的景；而下句是叙当前事，相对于抒情议论来说，是虚写，但比写景却又实了一点。这就像国画、书法中用墨，有极浓的墨，有极淡的墨，中间还有多种层次的墨色。"潮鸡"，又名石鸡、伺潮鸡，潮来即鸣。

尾联上句的"不堪肠断思乡处"是实写，但他怕情感太直露了，影响到诗的含蓄蕴藉之美，故结句以景语收束，用虚写的笔法给了读者更深的联想。这就像写字作画时，墨太浓了要加点水，是一个道理。"越鸟"暗用"胡马依北风，越鸟巢南枝"之语典，让思乡情绪更深了一层。

卢纶的《长安春望》：

东风吹雨过青山。却望千门草色闲。

家在梦中何日到，春来江上几人还。

川原缭绕浮云外，宫阙参差落照间。

谁念为儒逢世难，独将衰鬓客秦关。

写长安乱后，流落无归的凄怆感怨，也深得虚实相生之妙。

首联写景，是虚笔，但中间有着由淡到渐浓的过渡——"东风吹雨过青山"只是寻常之景，但"千门草色闲"写出了长安乱后人迹稀少、草深没阶的凄凉景象，用"却望"来过渡，就有了一点感情的因素，也就"实"了很多。

颔联写心理活动，是纯粹的实写，颈联马上又转虚写。《唐诗摘钞》评论说："五、六写景，初嫌其宽泛，不知此二句深寓乱后之感；调愈壮，气愈悲。"意思是愈写长安都城在远观中的雄壮气象，愈见出诗人在乱后的悲伤之感。所以在诗词中虚笔不虚，只要能更好地写实，虚笔的作用就是无可替代的。

尾联抒情，以浓墨重笔来实写，情感也就到了最高潮。

再来看几首词的虚实搭配：

诉衷情

韦庄

烛烬香残帘半卷，（虚）梦初惊。（实）花欲谢，深夜，月笼明。（虚）何处按歌声。轻轻。（实）舞衣尘暗生。（虚）负春情。（实）

忆江南

温庭筠

千万恨，恨极在天涯。（实）山月不知心里事，（实）水风空落眼前花。（虚）摇曳碧云斜。（虚）

采桑子

欧阳修

群芳过后西湖好，（实，议论也。）狼藉残红。（虚）飞絮濛濛。（虚）垂柳阑干尽日风。（虚）　笙歌散尽游人去，（虚）始觉春空。（实）垂下帘栊。（虚）双燕归来细雨中。（虚）

西江月

苏轼

照野弥弥浅浪，横空暧暧微霄。（虚）障泥未解玉骢骄。（虚）我欲醉眠芳草。（实）　可惜一溪明月，莫教踏破琼瑶。（实）解鞍欹枕绿杨桥。（虚）杜宇一声春晓。（虚）

清平乐

辛弃疾

绕床饥鼠。蝙蝠翻灯舞。屋上松风吹急雨。破纸窗间自语。（上片皆虚）　平生塞北江南。归来华发苍颜。布被

秋宵梦觉，眼前万里江山。(下片皆实)

虚与实，就像黑与白，是两种极端的情况的描述。更多的时候，虚与实之间存在着渐变的过渡，不能非此即彼，而不考虑到虚实之间的状态。如叙事与写景都属于虚笔，但相对写景，叙事的句子又要实了很多；景语一旦融进了情，也会增加它"实"的程度。

学诗者宜多加练习，每次习作，先注意到虚实的排布，积久功成，自然能虚实交融一片，神行而不测。

诗词中的时间

我每年讲《唐宋词之美》这门课时，都会问学生一个问题，李后主的《浪淘沙》"流水落花春去也，天上人间"，到底好在哪里？

这个问题对于未经受哲学训练的大学本科生来说，的确很难。答案是："流水落花春去也"隐喻时间的无穷，"天上人间"指的是空间的无垠，从过去到现在直到永远，他的悲怆都不会消逝，无论在天上还是人间，竟然都没处安放李后主一颗痛苦绝望的内心。他用有涯之生，与无涯之时空作了惊心动魄的对比，故能成千古绝唱。

诗词是时空的艺术，如果能做到时空搭配得宜，比照强烈，一般来说，写出来的诗词就比较有味道了。但要像李后主这首《浪淘沙》那样时空交织，浑灏一片，对初学者来说是一件几乎不可能完成的任务。初学者可以分别从时间、空间两方面入手，去训练自己的诗性的思维。

诗中的时间，不能孤立地存在。当你在诗中举出一个时间时，一定要想着另外还得安排一个时间与它相对比。在学习创作时，要善于运用时间的对比，以增进诗的韵味。

一种常用的对比是今昔对比。

南北朝时期的文学家庾信，他的《枯树赋》以这样几句话结束：

> 桓大司马闻而叹曰："昔年种柳，依依汉南。今看摇落，凄怆江潭。树犹如此，人何以堪。"

作者用了东晋桓温的典故："桓公北征，经金城，见前为琅邪时种柳，皆已十围，慨然曰：'木犹如此，人何以堪！'攀枝执条，泫然流泪。"(《世说新语·言语》)

原典通过今昔对比，感慨时光的易逝，原典中的"今"，是公元356年桓温第二次北伐时，原典中的"昔"，是公元335年桓温在琅邪内史任上。

桓温所说的"木犹如此"，只是说树木不知不觉中已长得非常粗大，没有更深的含义，他的"人何以堪"，是加上了自己的想象后的感慨。但在庾信那里，昔年的依依与今时的摇落相对比，就有了更深的意蕴。无情的树木尚且有摇落枯萎之日，更何况有情之人呢？庾信的赋写出了对脆弱的生命的深沉喟叹，因此更加动人。

但我们看原典只因用了今昔对比的手法，虽然是散文，却不乏动人的诗味，可见这一手法是非常利于产生诗味的。

在很多名作中，都有今昔对比的技巧。比如杜甫的《赠卫八处士》：

人生不相见，动如参与商。

今夕复何夕，共此灯烛光。

少壮能几时，鬓发各已苍。

访旧半为鬼，惊呼热中肠。

焉知二十载，重上君子堂。

昔别君未婚，儿女忽成行。

怡然敬父执，问我来何方。

问答乃未已，儿女罗酒浆。

夜雨剪春韭，新炊间黄粱。

主称会面难，一举累十觞。

十觞亦不醉，感子故意长。

明日隔山岳，世事两茫茫。

这是一首古体诗，诗中的平仄不能按近体诗的平仄来衡量。

全诗先以"人生不相见，动如参与商"总括过去，说在往昔的漫长岁月里，你我难得会面，再写"今夕"重逢。参、商是天上的两个星宿，商又名辰，从我们人眼中看去，它们不会同时出现在天上，故以其比喻亲友隔绝不能相见。

诗人感慨过去的"少壮"，今时的"鬓苍"。过去的老朋友们"半为鬼"，今夕与卫八相逢，各惊尚在，故而"惊呼热中肠"。

"昔别"时卫八尚未成婚，现如今已是儿女成行了。多年好友难得相见，一旦会面，哀乐并来，这样的复杂情绪，就刻画得十分到位了。

诗的最后，更以"明日隔山岳"与今夕"一举累十觞"的快乐相比照，写出了一位饱经世事的中年人对不测的未来的忧惧感。

又如白居易的《琵琶行》中，写琵琶女自述身世，也是用的今昔对比之法：

自言本是京城女。家在虾蟆陵下住。
十三学得琵琶成，名属教坊第一部。
曲罢曾教善才服，妆成每被秋娘妒。
五陵年少争缠头，一曲红绡不知数。
钿头银篦击节碎，血色罗裙翻酒污。
今年欢笑复明年，秋月春风等闲度。
弟走从军阿姨死，暮去朝来颜色故。
门前冷落鞍马稀，老大嫁作商人妇。
商人重利轻别离，前月浮梁买茶去。

去来江口守空船。绕船月明江水寒。

夜深忽梦少年事，梦啼妆泪红阑干。

诗人借琵琶女之口，说出少女之时五陵年少争奉缠头之资，如今则"老大嫁作商人妇"，常常"夜深忽梦少年事"，在今昔对比的中间，还有"今年欢笑复明年"四句，来作时间上的过渡。

诗人有感于"同是天涯沦落人"，寄托其迁谪之悲，也是用的今昔对比之法：

我从去年辞帝京。谪居卧病浔阳城。

浔阳地僻无音乐，终岁不闻丝竹声。

住近湓江地低湿，黄芦苦竹绕宅生。

其间旦暮闻何物，杜鹃啼血猿哀鸣。

春江花朝秋月夜，往往取酒还独倾。

岂无山歌与村笛，呕哑嘲哳难为听。

今夜闻君琵琶语，如听仙乐耳暂明。

今昔对比往往是七言绝句和小令词的主体结构。如：

岐王宅里寻常见，崔九堂前几度闻。

正是江南好风景，落花时节又逢君。

——杜甫《江南逢李龟年》

家在荒陂长似秋。蓼花芹叶水虫幽。
去年相伴寻山客，明月今宵何处游。

——于鹄《寄周恽》

惆怅沙河十里春。一番花老一番新。
小楼依旧斜阳里，不见楼中垂手人。

——苏轼《戏赠》

少年哀乐过于人。歌泣无端字字真。
既壮周旋杂痴黠，童心来复梦中身。

——龚自珍《己亥杂诗》之一七〇

宿莺啼，乡梦断，春树晓朦胧。残灯和烬闭朱栊。人
语隔屏风。　香已寒，灯已绝。忽忆去年离别。石城花
雨倚江楼。波上木兰舟。

——冯延巳《喜迁莺》

忆昔午桥桥上饮，坐中多是豪英。长沟流月去无声。
杏花疏影里，吹笛到天明。　二十余年如一梦，此身虽
在堪惊。闲登小阁看新晴。古今多少事，渔唱起三更。

——陈与义《临江仙》

人生是一段悲欣交集的过程，今昔之比，蕴藏着人生的苦难与成长的记忆，故而易生发出诗性，感染读者。

诗词（以及赋、骈文等美文）中还往往依靠恒久的时间与短暂的时间的对比，来呈现诗性。

屈原《离骚》云："日月忽其不淹兮，春与秋其代序。惟草木之零落兮，恐美人之迟暮。"日月每天照常升沉，不会有哪怕一刹那的停留，春秋节序万古不易，这是在叙写恒久的宇宙时间；而草木零落，美人迟暮，则是短暂的人类时间，以人类生命的短促与宇宙的永恒作比，自然能引起人们强烈的共鸣。

李白《将进酒》劈头即说："君不见黄河之水天上来，奔流到海不复回。君不见高堂明镜悲白发，朝如青丝暮成雪。"黄河之水不息奔流，是亘古不变的时间的体现，而"朝如青丝暮成雪"，则是人类生命脆弱短暂的象征。以是之故，才有"人生得意须尽欢，莫使金樽空对月"的生命意识的觉醒。

杜甫在《兵车行》里写道："或从十五北防河，便至四十西营田。去时里正与裹头，归来头白还戍边。边庭流血成海水，武皇开边意未已。"在十五到四十岁的漫长岁月中，战士由还需要里正给裹头的"娃娃兵"，变成白头的老卒，在这漫长的岁月中，战士经历了太多生死一发的场面，而武皇开疆拓土的心意，却像永恒的时间一样，没有任何变化。这样对比之下，诗的批判力量也就无与伦比了。

诗词中时间的修短，一般都是通过形象的语言来表达。像韦庄的《楚行吟》：

> 章华台下草如烟。故郢城头月似弦。
> 惆怅楚宫云雨后，露啼花笑一年年。

草、月、露、花的恒久，与楚国的短暂两相对照，就写出了诗人对历史的深沉感喟。

李商隐的《咏史》：

> 北湖南埭水漫漫。一片降旗百尺竿。
> 三百年间同晓梦，钟山何处有龙盘。

"三百年"指东吴孙皓降晋后，先后定都于建康城的东晋、宋、齐、梁、陈，诗人用"同晓梦"三字，写出了历史的恒久与无情，而朝代已数番变更，哪里有什么龙盘虎踞的形胜可恃呢？

清初词人朱彝尊的《卖花声·雨花台》：

> 衰柳白门湾。潮打城还。小长干接大长干。歌板酒旗零落尽，剩有渔竿。　　秋草六朝寒。花雨空坛。更无人处一凭栏。燕子斜阳来又去，如此江山。

下片的"秋草六朝寒",意思是这秋草从六朝到清初以来一直生长不息,它像历史一样,给人心添上了寒意。末句以年年不变的燕子,每日如是的斜阳为烘托,感慨南明朝廷只坚持了半年多,就因内部的倾轧消耗,不敌清人的铁蹄,而惨遭覆灭。人事的短暂与时间的恒久一旦放在一起对比,就带来了震撼人心的艺术效果。

程千帆先生在他的名文《古典诗歌描写与结构中的一与多》中,把恒久的与短暂的时间对立,比拟为哲学中的"一"与"多"的对立统一。他举了初唐诗人张若虚的《春江花月夜》中的名句来说明问题:

> 江天一色无纤尘。皎皎空中孤月轮。
> 江畔何人初见月,江月何年初照人。
> 人生代代无穷已。江月年年只相似。
> 不知江月待何人,但见长江送流水。

程千帆先生说:"诗人之所以能够把自己的思想感情表现得如此的完美,正因为他以似乎是凝固的、永恒的、超时间的月和不断在时间中变化的自然界的新陈代谢、人事上的离合悲欢进行了对比;用闻先生的话来说,就是月的无限、无情、永恒与其他种种的有限、有情、短暂对比,月代表永恒,是一,其他均属短暂,是多。一始终是控制着、笼罩着多,这就使诗人不能不产生所谓无可奈何之感了。"

　　恒久不变的时间，象征着无以测度的命运，而短暂的时间所承载的，则是人类的生命活动。人类对时间的思考与感喟，就是生命对命运的回应，也正因此，便有了沁人心脾的诗。

诗词中的空间

空间排布也是诗词的基本结构之一。

一种排布方式是空间的跳跃转换，另一种就是空间的小大相形。但无论哪一种方式，其原则都是一致的，就是一定要让空间活起来，空间不能是静态的、孤立的，而应该是活动着的、与其他的空间联系着的。

要做到这一点，就要有心理的活动，让心思，而不是视角，随着空间而转换，而相对照。

唐代诗人崔颢的四首《长干曲》语意甚浅，但情致缠绵，可称得上是"曲尽人情"的佳作：

君家何处住，妾住在横塘。

停船暂借问，或恐是同乡。

家临九江水，来去九江侧。

同是长干人，自小不相识。

下渚多风浪，莲舟渐觉稀。

那能不相待，独自逆潮归。

三江潮水急，五湖风浪涌。

由来花性轻，莫畏莲舟重。

　　这组诗是一位溯江而上的女子与顺流而下的男子的对答。
一、三首是女子的话，二、四首则是男子的答语。言辞中有一
些挑逗的成分，却不涉淫邪，而是带着质朴天真的气息。

　　这让人想起沈从文的《边城》。在"边城"里生活的人，也
自远于历史、政治、文化、知识、学问以外，按照人的最常态、
最本真也最自然的样子生活。

　　唐代社会风气开放，礼教对人的束缚不如宋代以后，人们
在精神上较少桎梏，这组《长干曲》写出了两个素不相识的普
通男女江上偶遇、互相调谑的本真状态。

　　这四首诗在空间排布上很值得学习，都是以空间的转换或
对比作为主体结构。诗的意境的形成，主要就是依托于空间的
排布，以及在空间里跌宕起伏的心理活动。

　　第一首是空间的虚实对比。首句"君家何处住"，是发问的

语气，有待于对方的回答，因此是一个虚拟的空间，而"妾住在横塘"就是实在的空间了。"停船暂借问"又是实在的，"或恐是同乡"就又是虚拟的了。最后一句为的是解释第一句，好让女子主动的"撩"显得不那么着于痕迹。

第二首是男子的答话，诗的结构是空间的小大对比。前三句所写的九江、长干，本是一有限的空间，但因末句的"自小不相识"，却点出这一空间相对于人来说，是空漠广大的，否则早就会相识了。前三句所记述的，是实有的物理的空间，第四句所蕴藏的，是心理的空间、文化的空间，也就是家乡。男子的意思是：哎呀老乡呀！我怎么没早认识你呢？

第三首仍是女子在说话。她半带"明示"地劝男子：莫要再往下游去了。愈到下游，水流愈急，风浪愈多，船只也愈稀少，像我这样的美好女子也就愈罕见了。要是你肯回头，我会在上游等你，切莫要再往江潮涨起的东方独自前行了。空间上由下渚而转换到江流相待之地，再转到浩渺无尽的江水下游，语意上则是越来越泼辣大胆，充满调谑的气息。

第四首是男子"反撩"女子。五湖是太湖的别称，三江则是太湖附近的松江、钱塘江、浦阳江。男子说，你还是跟我往下游去吧，我的船虽载不得重，可是你身段苗条，身子一定也很轻的啊，不用担心我的船会经不起风浪。空间上以三江与五湖并举，用三江五湖的阔大，映衬莲舟的纤小。三江五湖纵多风浪，一叶扁舟却可以来去自如，凸显出男子无畏的气概。

李白是善用空间转换的大师。我们看他的《早发白帝城》：

朝辞白帝彩云间。千里江陵一日还。

两岸猿声啼不住，轻舟已过万重山。

时间只是一日，而空间迭经白帝城、万重山、江陵之转换，从而写出感情的轻快。

而又以"彩云间"强调白帝城之高峻，以"彩"与"白"形成颜色上的对照。"彩"是眼睛可以看到的真实的色彩；白帝城的"白"，其实是"西"的意思，因古代五行理论说西方色白，故西汉末年公孙述据蜀地称帝，自称白帝，遂筑白帝城。但读者却可以把此白想象成彼白，这是汉语特有的魅力。

宋代诗人梅尧臣《钱志道推官遗（wèi）纱帽》有句云："远赠乌纱帽，能无白也诗。""白也"，出自杜甫《春日忆李白》"白也诗无敌"，指李白，梅尧臣却借来和乌纱作对仗，浑然天成。

李白的另一首有名的七绝《闻王昌龄左迁龙标遥有此寄》：

杨花落尽子规啼。闻道龙标过五溪。

我寄愁心与明月，随风直到夜郎西。

也是善用空间排布的典范。

龙标，是唐代县名，在今湖南怀化一带。王昌龄因写《梨花赋》，被人中伤，而贬为龙标尉，故李白用"龙标"指代他。五溪是武溪、巫溪、酉溪、沅溪、辰溪，在湘西黔东，向为少数民族聚居之地。夜郎亦为唐代县名，位于今湖南沅陵。

诗中用以标识空间的都是地名，但却不觉堆砌呆板，而有灵动的气息，就是因为作者善于把自己的心理活动融铸到空间当中。

诗以"杨花落尽子规啼"起兴，子规啼声悲苦，烘托出"闻道"王昌龄被贬消息后的哀惜。愁心固然随着空间的转换而转，但如何让读者把握这颗愁心呢？李白让明月来代了他的一颗心，随着风儿，镇夜相随友人，直到夜郎县以西去。这就赋予不易感的抽象的心理活动以具体可感的形象，古人所谓"诗家语"，大抵即是如此。

李白还有一首用了更多地名的绝唱《峨眉山月歌》：

峨眉山月半轮秋。影入平羌江水流。
夜发清溪向三峡，思君不见下渝州。

明代王世贞《艺苑卮言》云："此是太白佳境，然二十八字中，有峨眉山、平羌江、清溪、三峡、渝州，使后人为之，不胜痕迹矣。益见此老炉锤之妙。"

五个地名，中间毫无转折的痕迹，更加没有堆砌之感，就是因为作者的心思活泼泼地，随着空间的转换而自由地奔逸着。

诗中的"峨眉山月"，不圆满地挂在天空上，洒下一片秋光。它的影子落在平羌江中，又从清溪照向了三峡，但总也照不见"君"的身影，只好又照向渝州去了。明是写月，实是写作者的一颗心。

明周珽编《唐诗选脉会通评林》里引用了一个叫金献之的人的话，拿这首诗与王维的《和贾舍人早朝大明宫之作》做比较，说王维的《早朝》诗五用衣服字，这首诗五用地名字，但王维用在八句中，终觉重复，李白只用四句，而天巧浑成，毫无痕迹。

王维的诗云："绛帻鸡人送晓筹。尚衣方进翠云裘。九天阊阖开宫殿，万国衣冠拜冕旒。日色才临仙掌动，香烟欲傍衮龙浮。朝罢须裁五色诏，佩声归向凤池头。"用的五个衣服类的词是绛帻、翠云裘、衣冠、冕旒、衮龙（袍），的确显得重复。

何以会如此呢？原因是王维的诗是应制的作品，不是出于个人的思想感情，就像徒具外形的蜡人，没有真人应有的跌宕起伏的心理活动，自然也就远比李白的这首诗逊色了。

而李白自己写的应制诗《清平调》三章：

云想衣裳花想容。春风拂槛露华浓。
若非群玉山头见，会向瑶台月下逢。

一枝红艳露凝香。云雨巫山枉断肠。
借问汉宫谁得似，可怜飞燕倚新妆。

名花倾国两相欢。长得君王带笑看。

解释春风无限恨，沉香亭北倚阑干。

何尝没有精心设计的空间的转换，以及精巧的比喻，精切的用典，但却绝不是好诗。因为这样的诗不是出自诗人的本心，没有真挚的情感活动，也就无法动人。

诗词中空间排布的另一基本手法就是小大相形。郁达夫给他的嫂子陈碧岑写信论诗，就举杜甫的《咏怀古迹》(其三) 为例说明问题：

群山万壑赴荆门。生长明妃尚有村。

一去紫台连朔漠，独留青冢向黄昏。

画图省识春风面，环佩空归月夜魂。

千载琵琶作胡语，分明怨恨曲中论。

他说："头一句诗是何等的粗雄浩大，第二句却收小得只成一个村落。第三句又是紫台朔漠，广大无边，第四句的黄昏青冢，又细小纤丽，像大建筑上的小雕刻。"

空间上的大小相形，自然会产生出独特的艺术张力。这样的例子实是举不胜举。

诗中如"城分苍野外，树断白云隈"(陈子昂)、"江流天地外，山色有无中"(王维)、"日暮苍山远，天寒白屋贫"(刘长卿）、"黄河远上白云间。一片孤城万仞山"（王之涣）、"孤帆远影碧空尽，唯见长江天际流"（李白）、"杳杳天低鹘没处，青山一发是中原"（苏轼）、"石麟埋没藏春草，铜雀荒凉对暮云"（温庭筠）、"残柳宫前空露叶，夕阳川上浩烟波"（刘沧）……词里头像柳永的《八声甘州》："渐霜风凄惨，关河冷落，残照当楼"，张孝祥的《念奴娇·过洞庭》："玉界琼田三万顷，着我扁舟一叶"，吴文英的《高阳台·丰乐楼分韵得如字》："伤春不在高楼上，在灯前敧枕，雨外熏炉"……皆是善用小大相形，而又融情铸景的典范。

作为一种诗学训练，我们可以在前人的诗集词集中，多找一些空间上小大相形的例子，辑在一起，会对自己创作水平的提升很有效用。

有时候，空间与时间来对照，会产生更加隽永的效果。如张祜的《宫词》：

故国三千里，深宫二十年。
一声何满子，双泪落君前。

我曾见画家陈少梅题画，只两句："无边秋思，一片江南。"读后念念不忘，其妙处既在"无边"与"一片"的小大相形，又在"秋思"与"江南"的时空对照，虽则仅仅八个字，却可以看成是最短小的诗。

七绝的章法

在诗词中，七言绝句是最需要天分，也最不需要学问修养能力的一种体裁。

现代诗人苏曼殊，自幼未曾好好读书，初识章太炎、陈独秀时，写字都常有缺画，平仄押韵更是一毫不知。但经陈独秀略加指点，不久其七绝竟能不胫而走，令无数的青年为之迷狂。其名作如："蹈海鲁连不帝秦。茫茫烟水著浮身。国民孤愤英雄泪，洒上鲛绡赠故人。""海天龙战血玄黄。披发长歌览大荒。易水萧萧人去也，一天明月白如霜。"（《以诗并画留别汤国顿二首》）、"禅心一任蛾眉妒，佛说原来怨是亲。雨笠烟蓑归去也，与人无爱亦无嗔。"（《寄调筝人三首》其一）、"春雨楼头尺八箫。何时归看浙江潮。芒鞋破钵无人识，踏过樱花第几桥。"（《本事诗》其六）无不悱恻芬芳，凄怨感人。

一般而言，七绝更依赖于诗人的天赋，而非后天的学养。

但是否七绝就不可教、不可学呢？是又不然。

我们可以通过学习七绝在篇章上的法度，学习它在时空变换上的手段，来熟悉七绝的作法，进而讲求其悠远的声味、绵长的韵致。

七绝共四句，每一句都有其结构上不可替代的作用。

现代学者邵祖平先生在《七绝诗论》一书里说，七绝的四句，第一句叫作起句，第二句叫作承句，第三句叫作垫句，第四句叫结句。他称第三句为"垫句"而非"起承转合"的"转句"，第四句是"结句"而非"合句"，是因为第三句不但有承上启下的"转"的作用，还有把诗意给补充完整，"垫"上一步的作用，第四句是诗句的完结，但往往诗意却并不完结，而是有着开放的、不尽的馀韵，并不是封闭式的"合"。

起承垫结，虽非一成不变的作法，却是历代七绝名篇大体遵循的写作思路。

七绝中垫句与结句最为重要，特别是垫句，往往就把时空给"垫"得更加高远，从而产生诗意。

邵祖平先生说："愚按七绝篇法，最要为有大篇气象，而大篇气象者，平取之不易得，宜翻腾转折，如霜隼之击空，狂鲸之撇海，始为得之。"七绝的时空不能局限在一时一地，而要有更加广阔、更加跳跃的时空感。他举李白的《送孟浩然之广陵》为例，说："'故人西辞黄鹤楼。烟花三月下扬州。'则东西千馀里，收在两句中。不待浩然之踪迹到广陵，而太白之神已先至之。"而到"孤帆远影碧空尽,惟见长江天际流"两句,"则笔之斡运,直从地面说到天上。志纬六合,气满两间矣。此种境界,惟独为胸襟阔异之伟大诗人所摄取。"

在这首诗中,垫句的作用就是由地面说到天上,让空间更加地壮阔,而结句以水流不尽暗指时间的流逝,也含蓄写出思念之不断如流水。

垫句多承担时空转换的任务。

如李白《长门怨》:"桂殿长愁不记春。黄金四屋起秋尘。夜悬明镜青天上,独照长门宫里人。"前二句是说被打入冷宫的女子,在地上的宫殿里寂寥度日,而垫句的空间却忽然转换到天上,时间则由"不记春""起秋尘"的绵远定格到一个夜晚,结句用"独照长门宫里人"摄取了一帧永恒的影像。明月当然不会独照长门宫里人,只是长门宫中可怜的女子,尤其能感受到明月的凄冷罢了。

有时候垫句只是蓄势待发,而把时空转换的任务交给结句。

如:"天门中断楚江开。碧水东流至此回。两岸青山相对出,孤帆一片日边来。"前三句皆是眼前景,垫句是为烘托结句而来,结句谓"日边来",其实诗人的眼睛与我们一样,也只是人类的肉眼,而非有天文望远镜的功能,是不可能见到孤帆自日边而来的,这里是想象之辞,通过想象的力量,转移了空间。

《越中览古》同样如此:"越王句践破吴归。义士还家尽锦衣。宫女如花满春殿,只今惟有鹧鸪飞。"前三句皆是千年以上的故事，结句才以"只今"二字，陡转到目前。

而不太成功的七绝，多是因为在结构上缺少时空的转换，纵有一二秀句，却没有神完气足的全篇。

如温庭筠的"槿篱芳杜近樵家。垄麦青青一径斜。寂寞游人寒食后，夜来风雨送梨花"，司空图的"故国春归未有涯。小栏高槛别人家。五更惆怅回孤枕，犹自残灯照落花"，邵祖平先生就说这些句子不是不好，但"寒食""风雨""梨花""残灯""落花"这些意象，都是触目可见、随手可拾，神不远、思不开，故不能成为名作。

北宋诗人秦观的《春日》："一夕轻雷落万丝。霁光浮瓦碧差差（cīcī）。有情芍药含春泪，无力蔷薇卧晓枝。"邵祖平先生认为此诗意象细小琐碎，时空凝滞而未出庭户之内，不懂得时空变换的篇法，故为下乘。

历史上的七绝名作，大都有时空变换在。下面我们选择几首，结合起承垫结的结构，来看一看七绝是如何依靠时空变换来实现诗意的。

边　词

张敬忠

［起］五原春色旧来迟。（写边地春迟，一贯如此。）

［承］二月垂杨未挂丝。（解释起句，用物象具体说边地之春的迟晚。）

［垫］即今河畔冰开日,（时间转到三月暮,边地河冰初融。）

［结］正是长安花落时。（空间转到长安。不言思都城,而情致自见。）

送沈子福之江东

王维

［起］杨柳渡头行客稀。（空间在杨柳渡头,这是一个点。）

［承］罟师荡桨向临圻。（空间在杨柳渡头到临圻,这是一条线。）

［垫］惟有相思似春色,（垫句蓄势待发,谓相思如春色无处不在。）

［结］江南江北送君归。（空间转为江南江北,这是整个的面。）

凉州词

王之涣

［起］黄河远上白云间。（由近到远,由下而上。）

［承］一片孤城万仞山。（一片与万仞是一多对照。）

［垫］羌笛何须怨杨柳,（谓不必吹奏《折杨柳》这首送别的笛曲来传递幽怨,它营造了一个悬念,要待结句来

解开。)

[结] 春风不度玉门关。(结句和一般的时空转换不同，它是视角的转换，由起承二句人的视角，转到了春风的视角。垫句说不要唱《折杨柳》这首送别的曲子，送人到玉门关外，结句做了解释：因为连春风都不愿意去啊!)

山房春事

岑参

[起] 梁园日暮乱飞鸦。(近景。)

[承] 极目萧条三两家。(远景。)

[垫] 庭树不知人去尽，(由承句的远景，转到近在目前的庭树。又以"人去尽"暗中交代时光的流逝，引而不发。)

[结] 春来还发旧时花。("春来"是今日今时，"还发旧时花"则是今昔对照。)

归 雁

钱起

[起] 潇湘何事等闲回。

[承] 水碧沙明两岸苔。(起承二句是逆起。从逻辑上说，应该是"水碧沙明两岸苔，潇湘何事等闲回"，谓潇湘之地水碧沙明，两岸莓苔足食，大雁因何故要飞回北方呢? 诗中倒过来说，故为逆起。空间在南。)

[垫] 二十五弦弹夜月，（想象有湘灵鼓瑟，其声凄清。垫句承上启下。）

[结] 不胜清怨却飞来。（谓雁受不了瑟音的清怨，故回转北方。垫结二句，解释前文。空间在北。）

酬曹侍御过象县见寄

柳宗元

[起] 破额山前碧玉流。（远景的画面。）

[承] 骚人遥驻木兰舟。（远景中的一个点。与起句是一多对照。）

[垫] 春风无限潇湘意，（思想如春风，时空皆拓至"无限"，"潇湘意"，是思念故人的情感。）

[结] 欲采蘋花不自由。（空间转至汀洲之上，谓无有采白蘋放任江湖的自由。垫结二句用南朝柳恽《江南曲》的语典："汀洲采白蘋。日暖江南春。洞庭有归客，潇湘逢故人。故人何不返。春花复应晚。不道新知乐，只言行路远。"）

石头城

刘禹锡

[起] 山围故国周遭在，

[承] 潮打空城寂寞回。（二句对仗，共为起承，皆写今时之景、眼前之物。）

［垫］淮水东边旧时月，（由近而远，由地上而天上，由今而昔。）

［结］夜深还过女墙来。（时间定格在夜深，空间上由阔大的淮水东边，缩至女墙之一线。）

嫦　娥

李商隐

［起］云母屏风烛影深。（空间在屋宇。）

［承］长河渐落晓星沉。（空间转到天上。起承二句，只是一夜。）

［垫］嫦娥应悔偷灵药，（垫上一步，以引出结句的"夜夜心"。）

［结］碧海青天夜夜心。（碧海青天，是无限的空间，夜夜，是无限的时间。）

台　城

韦庄

［起］江雨霏霏江草齐。（时间是眼前的这一刻，是现实的时间。）

［承］六朝如梦鸟空啼。（六朝如梦，是历史的时间，想象的时间。鸟空啼，是作者的感受，意思是鸟儿空自啼叫，也叫不醒六朝的迷梦。）

[垫] 无情最是台城柳，

[结] 依旧烟笼十里堤。(垫结二句意思不可分割，十四字要作一气读，意思是"依旧烟笼十里堤的台城柳最是无情"。"依旧"二字，是一篇之眼，以台城柳的不变，与朝代的多次更移做对比。前者是"一"，后者是"多"。)

澄迈驿通潮阁

苏轼

[起] 馀生欲老海南村。(海南村，只是一个很小的点。)

[承] 帝遣巫阳招我魂。(上帝派了一个叫"阳"的女巫来招我的魂魄，这是由天上而到地下。)

[垫] 杳杳天低鹘没处，(海天相接之处一艘船消失在视线中。海天相接处是一条线，海船则是一个点。鹘是一种鸟，此指船只，因古人船首都要画上水鸟。)

[结] 青山一发是中原。(再由海船的一点扩展到大陆的一条线。青山一发，谓大陆的青山如被一根头发所系住，随时会飘走。)

己亥杂诗

龚自珍

[起] 罡风力大簸春魂。(天上地下，广阔无垠的空间。)

[承] 虎豹沉沉卧九阍。(由整个天地之间，收缩到天门

的一点。九阊，即天门。)

[垫] 终是落花心绪好，(由天上转到地上。"落花心绪"呼应起句的"簸春魂"。)

[结] 平生默感玉皇恩。(结句解释第三句。)

太平洋遇雨
梁启超

[起] 一雨纵横亘二洲。(太平洋在美亚二洲之间，以极大的空间烘托雨势之大。)

[承] 浪淘天地入东流。(天地之大，竟都要被太平洋的巨浪裹挟。)

[垫] 却馀人物淘难尽，(此用人物与天地做对比，谓人物气魄足以包吞天地。此句反用苏轼的名句"浪淘尽、千古风流人物"，以造成悬念，引出下文。)

[结] 又挟风雷作远游。(结句解释垫句，令诗意圆满。)

春日忆广州绝句
陈独秀

[起] 江南目尽飞鸿远，(这句是实景。)

[承] 隐约罗浮海外山。(这句是想象之景。)

[垫] 曾记盈盈春水阔，

[结] 好花开满荔枝湾。(垫结二句，用"曾记"转换

时空。"盈盈春水阔""好花开满荔枝湾"，都是"曾记"的宾语。）

七绝来源于七言歌行，所以也像七言歌行一样追求明白晓畅，要有流丽之美。如果能写得自然亲切，不着痕迹，就算是成功了。那为什么初学写七绝，还要学习起承垫结的结构呢？岂非着了痕迹吗？其实，这就像写书法一样，初学书法，一定要意到笔到，练到化境才可以意到笔不到。七绝初练时注重结构，正是为了将来的泯除痕迹。

诗意的升华：借题发挥

业师陈泌斋先生跟我讲过您的一首诗：

发始一茎白戏赋

华年警一发，风雨厄馀春。

世事难能白，头颅贵此人。

抚之闲自笑，多难始相亲。

未用随时拔，由来治越梦。

此诗作者二十七岁时作。佟绍弼先生读了这首诗，指着"世事难能白，头颅贵此人"一联说："这两句终于是诗了。"

佟先生何以要这样说呢？我们先要知道诗意是如何发生的。这个问题何敬群先生谈得最透彻。他说：

诗法不外空间、时间、感想，与借题发挥四事之互为综错。(《益智仁室论诗随笔·法势》)

持此四事衡诸上诗，可谓若合符节。

"此人"与"世事"是自己与外物的空间对比；"华年"与一茎发白，闲抚之时与多难之辰，是时间上的对比；"风雨厄馀春"既是时间的对比，也是用起兴的修辞方法，来抒发对于"华年警一发"的感想。

当然，此句中的"警"字也有感想之意。初学者写诗，往往容易写景的句子就单纯写景，叙事的句子就单纯叙事，抒情、议论的句子就单纯抒情、议论，这是需要在一开始就要努力避免的。像本诗这样，在叙事中埋伏了感喟，在写景中寄寓出感想，就很值得学习。

"多难始相亲"化用了唐人王季友的"白发日相亲"之意。王季友的原意，是年纪渐长，白发不请自来，与人相亲爱而不去。这里深入一层，先说"抚之闲自笑"，对着青年早生的华发，不禁有一些说不清、道不明的自怜自伤乃至自嘲，而更清醒地明白：当人生多厄难之际，可能永远与自己相亲的，就只有不请自来的白发了。

尾联宕开一笔写，也就是转换了一下意思去写：白头发不用随时去拔，因为愈是去拔它，可能长得愈多，就像成语"治丝益棼"所讲的那样，找不到丝的头绪，只会越整理越乱。什么意思呢？青年而生白发，是因为性情较同龄人更敏感，内心比同龄人更多忧患，拔掉白头发，并不能解决根本的问题。这是诗人隐藏着不说出、却要读者自己去品味的诗外之旨。

白发丛生，本是一日常琐屑之事，竟然能写成诗，如果不借题发挥，试问又如何做到呢？

著名作家曹文轩先生常常说，以前俗小说总是讲，"有话则长，无话则短"，而实际上真正能成为经典的小说，反倒是"无话则长，有话则短"的。写诗同样要"无话则长，有话则短"。那些就事论事的记述，那些对景色、物事的单纯的描摹，那些张口即来的感慨，其实都可以短省掉，而真正需要着力去写的，是你要借题发挥的那部分内容。

借题发挥不但把通常我们认为不可能写成诗的内容写成了诗，而且还升华了诗意，让诗的意蕴更深刻，更有超越庸常的境界。佟绍弼先生评价"世事难能白，头颅贵此人"这两句"终于是诗了"，并不是说以前作者写的都不是诗，而是说这两句的诗意升华了，境界不一样了。

清代诗人张锦芳的《碎砚诗》，同样得借题发挥之妙：

已坠同遗甑，深耕愧寸田。

试当初洗日，碎及未焚前。

正有文章劫，甘辞翰墨缘。

谁能并投笔，抱璞得天全。

这是一首咏物诗。正常咏物诗的写法，第一步是搜集资料，即从类书中找与砚台相关的典故，第二步是尽量地体察物事，好描摹出它的形制特征，再根据典故和它的形制发挥联想。

但是摔碎的砚台，本来也没有现成的典故可用，而且破碎后的砚台，也不像完好的砚台那样，有形有制可供描摹，如何能写成诗呢？张锦芳的诗人天分和诗学功力，就在这里体现出来了。

第一句"已坠同遗甑"用了与砚台毫不相干的典故。说的是东汉人孟敏，有一次扛了一口甑（zèng，古代蒸饭用的瓦器）在路上走，不小心甑落地摔碎，孟敏头也不回就走了。当时的名士郭泰正巧碰见，觉得奇怪，就问他，你的甑摔到地上了，怎么看都不看一眼？孟敏回答说：甑已破了，再看又有什么用呢？遂被郭泰所赏识。

张锦芳借用这个典故，是说砚台已碎，无论是顾惜它还是为它伤感，都没有意义。但是，他不由得想，这方砚就是我衣食的来源，我靠着它来"笔耕"，虽然没有什么大的成就，终究也曾努力过的，当然会对它有不舍之情。古人常把砚台比作田，而笔就比作耕地的犁了。这是善于联想。

颔联就开始借题发挥了。诗人说，最早用它试笔，是刚获致它，第一次用清水洗过的时候；而现在幸好它在暴君准备焚书之前，就已经碎掉了，免与那些优秀的著作同遭火厄。这样，诗就避免了感喟过去的俗套，而有了深刻的批判意义。

颈联是说，能写文章在今天已经成了非常危险的事，所以这方砚大概是有先见之明的，甘愿玉碎，不再与笔墨结缘了。尾联更推进一层，说要是真正通达的高人，就该连笔也丢弃掉，像玉璞一样，不雕不琢，默默无闻，而得以全身避害。

乾隆中叶文字狱酷烈，作者处在无形无影而又无处不在的政治高压之下，他不由自主地通过这样婉曲的方式，来表达内心的愤懑不平。正如清代诗人赵翼所说的，"国家不幸诗家幸"，可以说，是严峻冷酷的乾隆时代成就了这首杰作。

几年前，我曾根据清末词人裴维侒（字韵珊）的侄子裴南侯的几个钞本，点校了裴维侒的《香草亭诗词》，包括他的《香草亭诗草》和《香草亭词草》。裴南侯当年用京汉铁路局的信纸抄录了多本《香草亭词草》，其中一本由叶恭绰先生收藏。最近叶先生的藏本被人拿出来拍卖，我偶然见着，不由心生感慨，遂作词一首：

画堂春

尘飞沧海失蓬瀛。遗音悲振芳铃。晚花天际任飘零。乱坠春星。　　三五白头遗老，相逢莫忆升平。一番雨洗众山青。孤负曾经。

裴维侒的《香草亭词草》，曾被晚清大词人朱彊村选出六十首，与其他十位词人的作品一道，刻入《沧海遗音集》。

《沧海遗音集》选录的标准只有一条，就是作者都得是清朝的遗民。所谓遗民，是在改朝换代之后，不肯在新朝做官，而坚持尊奉前朝的人。站在传统的立场来看，遗民是中国士大夫的脊梁，是历史文化的最基本的传承者。又如司马迁写《史记》，列传的第一篇就是《伯夷叔齐列传》，歌颂的是伯夷、叔齐这两位殷商的遗民，采薇首阳、不食周粟的崇高气节。

这首词所感的，是裴维侒及他的遗民朋友在改朝换代之后的凄凉心境。

我首先想到的是"孤负曾经"这一句，于是就确定韵脚用《词林正韵》的第十一部，相当于平水韵的八庚九青十蒸韵合用。又因这一句的句法平仄适合用在《浪淘沙》《画堂春》等词牌的尾句，经比较后选择用《画堂春》。

上片第一二句是由《沧海遗音集》这个书名而产生的联想。我想到沧海会变成桑田，海水也会干涸扬尘，什么蓬莱、什么瀛洲，传说中的仙山也都会消逝，在社会巨大变动之后，遗民的悲吟就像是挂在花上惊走鸟雀的"护花铃"一样，发出凄怆的音调。第三四句通过写景来烘托：天边高树上的花儿，在晚春时节纷坠飘零，仿佛是无数的流星飞溅。这正像他们无可奈何的内心啊！

下片说，遗老三五人聚会时，不要去追忆往日社会稳定的时光。你看春天已逝，一番风吹雨打后，山上再也没有春花缀枝了，只剩下单调阴郁的青色。倘若记起曾亲历的秾艳满目的春光，难道不会伤心吗？辛亥革命后，社会失序，战乱频仍，这些忠于清室的遗老，当然觉得今不如昔。

这首词没有题目，如果加个题目，就该是《题裴韵珊香草亭词草》。这个题目可以有多种思路，比如可以写裴维俊在词坛的地位，可以写《香草亭词草》的内容和风格，而我选择的是借题发挥的写法。

借题发挥，是构思一首诗时最重要的思路，因为这会让诗意更高卓，或者更深沉。

唐代的七绝之脍炙人口者，不少都是用了借题发挥的写法。

比如王昌龄的《芙蓉楼送辛渐》，前两句还是承题写送别："寒雨连江夜入吴，平明送客楚山孤"，后两句忽然借题发挥："洛阳亲友如相问，一片冰心在玉壶"，这样品格自高。

韩翃的《寒食》前两句写寒食时节的景致："春城无处不飞花，寒食东风御柳斜"，后两句转为讥刺宦官专权，得皇帝之宠："日暮汉宫传蜡烛，轻烟散入五侯家"，这样主题就变得重大起来，诗意也蕴藉深沉得多。

刘禹锡《乌衣巷》前半"朱雀桥边野草花，乌衣巷口夕阳斜"，只是寻常写景，而"旧时王谢堂前燕，飞入寻常百姓家"，用形象的语言，写出了唐代中期以后，曾经的衣冠士族逐渐退出历史舞台这一极深影响了中国文化走向的历史进程，故能卓绝千古。

苏轼说，"赋诗必此诗，定知非诗人"，只有放飞思维的翅膀，在构思时多想到诗题以外的内容，才会写出更有诗意的诗来。

古体诗的声律

中国古典文学理论的核心是"体性"。所谓的体，是指任何一种文学形式，都有其形式上的要求，即"文体"的要求；所谓的性，是每一种文体，都有这种文体独特的艺术风貌。这就像我们认识一个人，首先是通过他的体型外貌，再然后则是他的性格脾气。

古人特别重视文体，各种不同的"体"，不允许杂糅，写哪一种文体，就得是哪一种文体的样子，这就是所谓的"得体"。诗文写到得体的程度，也就可以及格了。

而在及格线以下的人，最常犯的错误就是不得体。因此，要想学好诗词，了解一下中国古典诗歌的文体常识就很有必要。

中国古典的诗歌，大致可分为乐府、诗、词、曲四大类。诗不必合乐，其他三类，都是合乐的音乐文学。单拿诗来说，则有古诗与近体之分。

唐代产生了具有严谨的平仄和押韵规则的近体诗（当时还叫今体诗）之后，就将近体诗产生以前早就存在的各种诗体统称作古诗，又叫古风、古体诗。由此我们知道，有人把诗词称作"古体诗词"，这个称呼是不能成立的。因为古体诗是区别于近体诗的概念，称古体诗，一定是不包括近体诗的；而既然并没有近体词的叫法，当然也就不存在所谓的古体词了。

至于有人偏要在诗词前面加上"旧体"二字，以与新文化运动时期产生的所谓"新诗"相区别，这一称呼就更加站不住脚。新诗是纯粹受西方诗歌影响的产物，把诗词蔑称为"旧体"，而自己则占上一个"新"字，其实是掩盖了诗词与所谓的"新诗"之间矛盾的本质。它们并不是"旧"与"新"的矛盾，而是民族文体与外来文体的矛盾。

古体诗一般按字数，分为四言古诗、五言古诗、七言古诗和杂言诗等，因五言和七言的表现力最强，应用最广泛，初学者需要先熟悉五言古诗和七言古诗的基本体性，第一步则是要了解五七言古诗与近体诗不一样的声律要求。

首先从用韵上说，古体诗的用韵比近体诗更加自由。古体诗的用韵有四种情况——

一是用本韵，即所押的韵，在韵书中属于同一韵部。然而相对于近体诗只能押平声韵，古体诗还可以押上声、去声和入声的韵。比如李白的共五十九首的组诗《古风》中，其第二十一首押的是下平声一先韵：

郢客吟白雪，遗响飞青天。

徒劳歌此曲，举世谁为传。

试为巴人唱，和者乃数千。

吞声何足道，叹息空凄然。

第三十一首押上声四纸韵：

郑客西入关，行行未能已。

白马华山君，相逢平原里。

璧遗镐池君，明年祖龙死。

秦人相谓曰，吾属可去矣。

一往桃花源，千春隔流水。

第三十八首就押入声六月韵：

孤兰生幽园，众草共芜没。

虽照阳春晖，复悲高秋月。

飞霜早淅沥，绿艳恐休歇。

若无清风吹，香气为谁发。

二是可以转韵。近体诗押韵必须一韵到底，其有首句入韵
的，首句的韵脚可放宽到邻韵。但古体诗就可以中间转韵，韵

是随着诗的意思而转换的，一般在转韵的古体诗中，每一个韵，都是一段完整的意思。如李白《古风》第五十首：

> 宋国梧台东，野人得燕石。
> 夸作天下珍，却咍赵王璧。
> 赵璧无缁磷，燕石非贞真。
> 流俗多错误，岂知玉与珉。

由入声十一陌韵，转为上平声十一真韵，前四句一韵，是叙事，后四句一韵，是议论。

三是有一些不在同一韵，但读音相近的字可以通押。如李白《古风》其七：

> 客有鹤上仙，飞飞凌太清。
> 扬言碧云里，自道安期名。
> 两两白玉童，双吹紫鸾笙。
> 去影忽不见，回风送天声。
> 我欲一问之，飘然若流星。
> 愿餐金光草，寿与天齐倾。

"清""名""笙""声""倾"都是下平声八庚韵，而"星"却是九青韵，在近体诗中，除了首句入韵的情况，都是不可以通押的，而在古体诗里，却不拘什么位置，都可以通押。

需要注意的是，古体诗的韵脚，不同的声调之间，是不可以通押的。也就是说，古体诗的押韵，只能平声字和平声字押，上声字和上声字押，去声字和去声字押，入声字和入声字押。

哪些韵是可以通押的呢？王力先生根据唐人的通韵情形，把平水韵一百零六韵，参照《广韵》的韵目补充拯、证二韵，分成十五部，凡在一部之内又声调相同的韵，即所谓邻韵，就可以通押。见下表：

	平声	上声	去声	入声
歌部第一	歌	哿	箇	
麻部第二	麻	马	祃	
鱼部第三	鱼虞	语麌	御遇	
支部第四	支微	纸尾	寘未	
齐部第五	齐	荠	霁	
佳部第六	佳灰	蟹贿	卦泰队	
萧部第七	萧肴豪	篠巧皓	啸效号	
尤部第八	尤	有	宥	
阳部第九	阳	养	漾	药
庚部第十	庚青	梗迥	敬径	陌锡
蒸部第十一	蒸	拯	证	职
东部第十二	东冬江	董肿讲	送宋绛	屋沃觉
真部第十三	真文元先删寒	轸吻阮铣潸旱	震问愿霰谏翰	质物月屑黠曷
侵部第十四	侵	寝	沁	缉
咸部第十五	覃咸盐	感豏俭	勘陷艳	合洽叶

以上谈的都是唐代及唐以后古体诗的用韵规则，先秦两汉直至魏晋六朝，古体诗的押韵要复杂得多。

比如歌麻韵六朝以前多相通。又如侵韵本须独用，而《楚辞·招魂》里有这样一段："皋兰被径兮，斯路渐！湛湛江水兮，上有枫！目极千里兮，伤春心！魂兮归来，哀江南！""渐"字在平水韵下平声十四盐中，"枫"字在上平声一东中，"心"字在下平声十二侵中，"南"在下平声十三覃中。它们本不可以通押，但在上古音系里，它们的读音相近，却可以一起押韵。

初学者不必效仿这样的押韵法，但却要知道，这类诗并没有犯出韵、不押韵的毛病。

四是可以连续用韵。不同于近体诗一般只能在二四六八句押韵（首句有时亦入韵），古体诗押韵的位置也更自由。有时数句连用韵，中间没有间隔，如杜甫《今夕行》前四句：

今夕何夕岁云徂。更长烛明不可孤。
咸阳客舍一事无。相与博塞为欢娱。

又如韩愈的《刘生诗》，全诗三十一句，竟句句押韵。这样的七言古诗叫作"柏梁台体"，传说是汉武帝率群臣登柏梁台，每人作诗一句，末字限韵，最后组成一首诗，以此而得名。

金庸先生《倚天屠龙记》的回目，合在一起就是一首句句入韵的柏梁台体的古诗："天涯思君不可忘。武当山顶松柏长。

古体诗的声律　197

宝刀百炼生玄光。字作丧乱意彷徨。皓臂似玉梅花妆。浮槎北溟海茫茫。谁送冰舸来仙乡。穷发十载泛归航……"

大家在诗社活动中，可以限好一个主题，每人分好韵，各作一句，最后由诗宗排序，成为一完整的诗篇。

有时是一个畸零的句子，它不与上句组成一联，也会连着上句一起入韵。如杜甫《苏端薛复筵简薛华醉歌》的末一韵：

> 气酣日落西风来。愿吹野水添金杯。
> 如渑之酒常快意，亦知穷愁安在哉。
> 忽忆雨时秋井塌，古人白骨生青苔。
> 如何不饮令心哀。

"忽忆雨时秋井塌，古人白骨生青苔"是上句不入韵，下句入韵的一联，"如何不饮令心哀"则是一句畸零句，它是对上面这一联的评论，用了韵之后，强调了句子的独立性，就尤其显得沉雄有力。这样的押韵法，古体诗中很常见，但在写近体诗时，却是绝对不被允许的。

在近体诗产生之前，古体诗的声律纯靠诗人的语言直觉，声音的飞沉、声母的清浊、双声叠韵字该如何排布，都凭着诗人的天才。而近体诗产生之后，诗人再写古体诗，就只需要避免律句就可以了。

五言（或七言后五字）律句有平平平仄仄、仄仄仄平平、仄仄平平仄、平平仄仄平四种基本格式，五七言古诗就是要避免蹈入这四种律句。为此，诗人在末三字上做文章，一般末三字多用平平平、平仄平、仄仄仄等声调，就不太容易出现要写古朴的古体诗，却写得像近体诗一样流媚的情形来。

这就像写惯了秀美的唐楷，再写高古的汉隶，总要先避免如写楷书一样笔笔送到，才能得汉隶含混的元气。

七言古诗又被称为七言歌行，但实际上歌行只是七言古诗中的一体，并不能概括七古的全貌。

古人解释说，放情曰歌（如《长恨歌》），体如行书曰行（如《琵琶行》），兼而有之，则曰歌行（如《燕歌行》）。

歌行体本是乐府诗的一种，它在唐代受了近体诗的影响，多用律句，以婉丽流美为宗，往往四句一换韵，平韵和仄韵交替使用，就像是无数的绝句串在一起。

如卢照邻的《长安古意》结尾部分：

汉代金吾千骑来。翡翠屠苏鹦鹉杯。

罗襦宝带为君解，燕歌赵舞为君开。

别有豪华称将相。转日回天不相让。

意气由来排灌夫，专权判不容萧相。

专权意气本豪雄。青虬紫燕坐春风。

自言歌舞长千载，自谓骄奢凌五公。

节物风光不相待。桑田碧海须臾改。

昔时金阶白玉堂，即今唯见青松在。

寂寂寥寥扬子居。年年岁岁一床书。

独有南山桂花发，飞来飞去袭人裾。

除"昔时金阶白玉堂"一句外，每一句都是标准的七言律句。七言歌行的声律与近体诗更相近，当然其体性也与高古渊重的七言古诗不同，要富丽宛转了很多。

总之，五言古诗、七言古诗就要力避律句，而七言歌行则完全不须回避律句。可见，只有熟练掌握近体诗的平仄粘对，才会对古体诗的声律有深切的理解。

五言古诗的仿作

　　在古体诗中，五言古诗和七言古诗可算作一类，而七言歌行又可算作另一类。

　　五七言古诗与近体诗在声律上的要求不同，七言歌行则与近体声律相亲近；从文辞上说，五七言古诗较接近于古文，即古代的散文，而近体诗、七言歌行受骈体文的影响更大。

　　单以五七言古诗和近体诗相比较，它们之间最显著的区别，是结构的不同。

　　结构，在书法中又称结体，唐代楷书成熟以后，和唐以前楷书的结体是完全不同的。唐以前的楷书，字体较扁，笔画也很疏朗，而唐以后楷书字体偏长，笔画也较紧密。

　　古体诗的结构与唐代形成的近体诗也很不一样。近体诗一般都有起承转合，或者如七言绝句那样，是起承垫结，（垫和转的区别在于，单独一句垫句，意思并不完整，要与结句联合起来，才能表达完整的意思，而转句单独一句，就是一个完整的意思。）这样，近体诗的内在结构就是环线型的，从起句开始，承转之后，结句一定要呼应首句，形成一闭合的圆环。

如：

渡汉江

宋之问

〔起〕岭外音书断，

〔承〕经冬复历春。

〔转〕近乡情更怯，

〔合〕不敢问来人。

送黎美周北上

张乔

〔起〕春雨潮头百尺高。

〔承〕锦帆那惜挂江皋。

〔垫〕轻轻燕子能相逐，

〔结〕怕见西飞是伯劳。

经邹鲁祭孔子而叹之

唐玄宗

〔起〕夫子何为者，栖栖一代中。

［承］地犹鄹氏邑，宅即鲁王宫。

［转］叹凤嗟身否（pǐ），伤麟怨道穷。

［合］今看两楹奠，当与梦时同。

戏答元珍

欧阳修

［起］春风疑不到天涯。二月山城未见花。

［承］残雪压枝犹有橘，冻雷惊笋欲抽芽。

［转］夜闻归雁生乡思（sì），病入新年感物华。

［合］曾是洛阳花下客，野芳虽晚不须嗟。

以上即是普通的近体诗的结构，总归要形成闭合的圆环。

而古体诗的结构，则是折线型，它通常不会闭合，而是先说甲意，再转说乙意，再转说丙意，是开放的折线型。

古体诗相对于近体诗，要求体性的"高古"。如何能高古呢？一靠结构，二靠文辞。古体诗的结构和文辞，都必须比近体诗更质朴，从结构而论，折线就比圆环要质朴得多。

与学近体诗一样，学写古体诗，也要从拟写仿作开始。

五言古诗以汉魏时的作品为高标，所以学写五言古诗，可以从模拟《古诗十九首》、阮籍《咏怀》、左思《咏史》等名作入手。

这是古人所走过的正路，我们今天跟着走，可以节省很多摸索的工夫。

如《古诗十九首》其七：

明月皎夜光，促织鸣东壁。

玉衡指孟冬，众星何历历。

白露沾野草，时节忽复易。

秋蝉鸣树间，玄鸟逝安适。

昔我同门友，高举振六翮。

不念携手好，弃我如遗迹。

南箕北有斗，牵牛不负轭。

良无盘石固，虚名复何益。

诗中的"易"字，音亦，是入声十一陌韵里的字，变化之意。此诗的主旨，是表达对友道不复的感慨。要学习它的写法，就得先把握住它的主题。看懂原诗讲的是什么，是开始拟写的第一步。

接着就要分析原诗的结构。原诗十六句，可分三段。

第一段从"明月皎夜光"开始，直到"时节忽复易"，通过对天文、物候的描写，来交代时间的流逝。

第二段转而新写一层意思，先由"秋蝉""玄鸟（燕子）"起兴，以引出下文。诗人用"秋蝉"和"玄鸟"，分别暗指已身据要路津的故人和落魄的自己，谓故人已"高举振六翮"，却不念旧好，把我像陈迹一样抛弃掉。"翮"是羽茎，据说善飞的鸟，有六根健劲的羽茎，故曰"六翮"。至此诗意又一层转。

最后四句，则是第三层转。"南箕北有斗"用了《诗·小雅·大东》里面的语典："维南有箕，不可以簸扬。维北有斗，不可以挹酒浆。"意思是天上有箕宿与斗宿，却只徒有虚名，并无箕、斗的用处。作者又说，天上的牵牛星也不会拉车，我们的交情，本来就不如磐石一样稳固，虚有朋友之名，又有何用呢？这里是用了"赋比兴"中的"比"。

学诗先要读诗，先要读懂作为临摹对象的"诗帖"，拟写出来的作品，才有正确的气息。启功先生说，学书法临摹的功夫就是"准确地重复以达到熟练"，学写诗词，也要做到准确地重复。

晋代陆机拟写这首古诗，从主题、结构上都对原诗亦步亦趋：

> 岁暮凉风发，昊天肃明明。
> 招摇西北指，天汉东南倾。
> 朗月照闲房，蟋蟀吟户庭。
> 翩翩归雁集，嘒嘒寒蝉鸣。
> 畴昔同宴友，翰飞戾高冥。
> 服美改声听，居愉遗旧情。
> 织女无机杼，大梁不架楹。

陆机的拟作，主题思想也是讲人情浇薄、友人负心。诗的结构也是分作三段，一段转一意。

第一段从"岁暮凉风发"开始，到"蟋蟀吟户庭"止。"昊天"，出自《淮南子·天文训》，指西方的天空，古人以为西方属金，色白，与秋季相配，故昊天在此即指秋天，与《尔雅》里以昊天指夏天不同。"招摇"，是北斗第七星摇光，借指北斗；"天汉"，就是银河了。这六句同原诗一样，借写天文、物候交代时令。

第二段以"归雁""寒蝉"起兴，说昔时一起饮宴的朋友，已振羽（翰）而高飞，直上青云。他现在着美服，居愉乐，早把老朋友忘得干干净净。"翰飞戾高冥"用《诗·小雅·四月》的语典"翰飞戾天"。

第三段只有两句，同样是用"比"的手法。"织女"是指织女星，"大梁"是二十八宿中的胃、昴、毕三星的总称。陆机同样是要说虚有其名而无其实之意，但与原诗不同的是，原诗用"良无盘石固，虚名复何益"这两句，把这样的意思直接表达了出来，陆机的拟作却在这里戛然而止了。

原诗的结尾直接点明了主题，你会觉得它字字铿锵，就像秦简、汉简的最后一笔，肥硕异常，也就更加地高古、更加地拙。拙是一种非常深层的、高级的美，与之相反，巧往往落于纤弱，往往显得俗气，是一种比较浅层的、比较低级的美。陆机的拟作，结尾变得含蓄蕴藉了，这可能是系于他个人的审美，也可能与他所处的时代有关。

我们不妨来想一想，哪一种处理更好？我认为原诗处理得更好，更加有古拙的气息。

宋代洪适有《拟古十三首》，也同样拟写了这首古诗：

> 明月皎夜光，瑟瑟扇商籁。
> 衡纪直西躔，云章斜左界。
> 感彼林薄凋，岁律倏云迈。
> 蜻蚓谁汝怜，悽悽鸣户外。
> 昔我耐久朋，著鞭道方泰。
> 尉藉缯绡轻，金兰旧盟改。
> 东井不及泉，须女无傅配。
> 君看贡公墓，白头愧倾盖。

前六句为第一段，讲天文时序。

第二段以"蜻蚓谁汝怜"起兴，"蜻蚓"即蟋蟀，作者用以自况；"尉藉"即慰藉，是叠韵的联绵词，"缯绡"是两种特别轻薄的丝织品，"尉藉缯绡轻"，是说这个号称"耐久"的老朋友，对我只有缯绡那么轻的慰藉；"金兰"出于《易经》："二人同心，其利断金。同心之言，其臭如兰。"

第三段还是以天上的星宿作比，"东井""须女"皆星宿名。"东井"即井宿，因在玉井之东而得名，"须女"则属于北方玄武七宿之一。"须"为等待之意，故云：须女徒有等待嫁人之女的名号，却始终也找不到配偶。

诗的最后两句用晋张协《杂诗》"庭无贡公綦"之语典，而这个语典又来自贡禹弹冠的事典。西汉时王阳与贡禹相交好，世称"王阳在位，贡公弹冠"，意思是王阳做了大官，贡禹弹冠而庆，也准备出仕了。张协反用其义，谓不在官场上引朋呼友，保持高尚之心。綦本指鞋带，引申为足迹。古人又有"白头如新，倾盖如故"的说法，意思是相交一世，却彼此不能知心，有时在路边停下车子，揭开车盖随意交谈，却可能一下子就成知交。在这里，洪适把张协诗中"贡公綦"的语典给反用了，他的意思是：世人们哪，你们来看看老友贡禹来谒，却不得王阳的引荐，难道还不明白相交多年的老朋友也未必靠得住的道理吗？

明代李攀龙尽拟《古诗十九首》，总谓之《古诗后十九首》，其第七首即拟"明月皎夜光"这一首：

> 摇光加孟冬，北风何惨慄。
>
> 寒至疏众星，蟾兔亦早缺。
>
> 四时既潜移，遗迹独难列。
>
> 不知空床下，蟋蟀安从出。
>
> 宛洛多故人，厚者如胶漆。
>
> 及其据要路，负我道非一。
>
> 织女无成章，牵牛策不发。

且复守贫贱，振翮各有日。

全诗可分四段，每四句一段。

第一段纪天文时序。"摇光"是北斗星的第七星，摇光加孟冬，是说北斗的柄指向了北方，正是孟冬的时节了。原来，北斗七星像一把勺子，勺柄的三颗星：玉衡、开阳、摇光，像是勺子的柄，称作斗柄，斗柄会随四季而转：春季指东，夏季指南，秋季指西，冬季指北。

第二段四句，用"四时既潜移，遗迹独难列"来承上启下，谓时序既移，而况往日的交情呢？又用"不知空床下，蟋蟀安从出"照应前文，意思是孟冬惨慄如此，竟仍有蟋蟀鸣于床下，实在也是借蟋蟀在写自己不肯屈服命运的坚韧精神。

第三段四句，是直陈其事的赋笔，批判宛洛故人的负心。"宛"是南阳，"洛"是洛阳，用以指著名的都邑。

第四段是以织女星不能织成章（赤与白相间的丝织品）、牵牛星未尝鞭（策即竹鞭）牛起兴，说自己还没有求取功名的资本，且复固守贫贱，待时而动，相信终有一日，也能振翮青云。

此诗用意，甚是温柔敦厚，尽管作者也感慨了人情的凉薄、人心的翻覆，但诗的结尾却说："且复守贫贱，振翮各有日。"这是一番反求诸己的工夫，蔼然儒者气象。

诗的结构也更加精巧讲究，变原诗的三段为四段，大略相当于近体诗的起承转合，但也少了质朴雄浑之味。

清高宗弘历，即乾隆皇帝，亦有《拟明月皎夜光》诗。他的临摹在主题上也有了变化：

> 惟月生于西，金行故益皎。
>
> 始出东山上，渐历银汉表。
>
> 映水光带寒，丽午轮收小。
>
> 最能引悲思（sì），乃至闲虫草。
>
> 芳兰逝将萎，螗蜩啼未了。
>
> 时节不我与，胡不笃情好。
>
> 翻云覆雨流，讵识断金道。

乾隆诗的主题是友道可贵，应当珍惜。他说秋令已至，时光易逝，朋友之间更应加倍亲爱，翻手成云、覆手为雨之辈，哪里懂得"二人同心，其利断金"的道理呢？因主题的侧重点不同，结构上也有了细微的变化。

从"惟月生于西"到"乃至闲虫草"是第一段，是写天文、物候，"金行"就是秋天。

"芳兰逝将萎"至"胡不笃情好"四句一段，"芳兰""螗蜩"是隐喻人世无常，长情难得。螗蜩是夏末之时鸣声不息的一种蝉，古人认为它只能活一夏天，故《庄子·逍遥游》云："朝菌不知晦朔，螗蜩不知春秋，此小年也。"

第三段仅"翻云"二句，言辞简约，议论也甚有力。

魏晋时期的大诗人阮籍有《咏怀》诗八十二首，第一首云：

> 夜中不能寐，起坐弹鸣琴。
> 薄帷鉴明月，清风吹我襟。
> 孤鸿号外野，翔鸟鸣北林。
> 徘徊将何见，忧思独伤心。

此诗结构，只有上下两截，前四句是直陈其事的"赋"法，写不眠之人；后四句写徘徊不已的"孤鸿""翔鸟"，当有所见而伤心，也是"赋"法，但又以鸟喻人，隐藏着"比"的手法，是所谓的"赋而比"。主题在结句五字："忧思独伤心。"

阮籍的《咏怀》影响极大，南北朝时诗人鲍照即有《拟阮公夜中不能寐》诗：

> 漏分不能卧，酌酒乱繁忧。
> 惠气凭夜清，素景缘隙流。
> 鸣鹤时一闻，千里绝无俦。
> 伫立为谁久，寂寞空自愁。

"漏分"即夜中，"分"是半的意思。阮籍写起坐弹琴，鲍照就写起坐饮酒；阮籍写清风明月，鲍照就写惠气素景。"惠气"，就是惠风，柔和的风。"景"的本意是日光，"素景"就是月光了。

阮籍写孤鸿在野外哀号，飞鸟在北林夜鸣，鲍照就写鹤鸣千里而无俦侣；阮籍写孤鸿徘徊，鲍照就写独鹤伫立。阮诗的主题是"忧思独伤心"，鲍诗就是"寂寞空自愁"。这种临摹，堪称是"准确地重复"了。

北宋贺铸的《拟阮步兵夜中不能寐》临摹得就不够准确，有些像是学书法时的"意临"：

> 夜久不成梦，张灯开故书。
>
> 清霜屏云物，有月来庭除。
>
> 良时怅难再，不与佳人俱。
>
> 掩卷长太息，望子城之隅。

它的结构仍是前后两截，前截也是直陈其事的赋法，但后截就只有"赋"，没有"比"，就远不如原作深婉了。

明人郑学醇《夜中不能寐》诗，看似与原作微有不合，其实却是非常忠实的临写：

> 繁忧夜弥剧，酌酒乱其端。
>
> 河汉不改色，露华凄以寒。
>
> 素琴有遗响，抚之不忍弹。
>
> 天运恒易简，世态何翩番。
>
> 飞鸿嘹天际，感激发哀叹（tān）。

此诗前六句为一段，用赋的手法写中夜不寐缭乱的心绪，后四句如果我们调整一下句子的顺序，变成"飞鸿嘹天际，感激发哀叹。天运恒易简，世态何翩番"，就可以很明显地看出，它正是对原诗的忠实临摹。

作者把两句点明主题的句子"天运恒易简，世态何翩番"前置，而把"赋而比"的两句放在诗的最末，则是逆写胜顺写，起到让诗的结尾更加有馀味的效果。

1933年春，中山大学中文系《文选》课的作业就要求拟写阮籍的这首诗。有两位本科生的作品，刊登在系主任古直主编的《文学杂志》上：

拟阮公夜中不能寐

三年级　罗远淮

明月照长夜，孤影独徘徊。

忧怀托清商，歌成一自悲。

凤凰思独处，飞鸟期天开。

悲哉秋为气，草木行且衰。

悠悠此中情，悄悄当告谁。

拟阮公夜中不能寐

四年级　李履庵

无言美清夜，揽衣起徘徊。

凄弦寒裂帛，皎月冷侵帏。

微风动素闼，愁肠日九回。

悲鸿将别翼，物我忧更哀。

　　想学好诗词的朋友，仔细揣摩上列两家的拟写，当有所悟。如能自己再临写上若干首汉魏时人的名作，写好五言古诗就不在话下了。

　　在绝句中，五言绝句是从五言古诗中分出来的，最短的只得四句的五言古诗，就是五绝，所以五绝以古绝为正格，完全符合近体诗声律要求的近体绝，反而是变格。我们不需要专门学五绝，学会了写五古，自然也就会写五绝了。

七言古诗的笔法

苏轼曾与其弟苏辙论书法，有云：

吾虽不善书，晓书莫如我。

苟能通其意，常谓不学可。

貌妍容有矉，璧美何妨椭。

端庄杂流丽，刚健含婀娜。

苏轼自谦他不擅长书法——这话我们当然不要信，但他自信于其对书法的奥秘的认识。他说如果明白了一笔好字背后的美学原理，即使不去系统学习书法，也不要紧。这是苏轼夸张的说法，懂得文艺的一些基本原理，当然对从事文艺创作的人大有助力，但如果没有刻苦的、反复的技法训练，也不可能臻于从容自如的境界。

何绍基书苏轼《和子由论书》

　　而他下面的四句话却是在一切文艺都可通用，不止书法为然。他说西施虽有颦眉之病，却无碍为天下之绝色，质地纯美的玉璧，也不必求其外形浑圆。这是说文学艺术须观其大处，些许瑕疵不会妨碍文艺的美。他又说端庄中要有流丽的气息，刚健时又能有婀娜的风姿，这更是文艺创作大家的经验之谈。因端庄刚健属阳，流丽婀娜属阴，阴阳相生相济，自然符合中庸之道，也就会产生中和的美。

　　七言古诗往往纯以气行，篇幅又较长，很难在下笔之前设计出严谨的篇章结构。而一般是如沈德潜《说诗晬语》中所讲的那样，"随手波折，随步换形"，跟着情感的自然脉络走下去。在这一过程中，就要注意运用苏轼的"端庄杂流丽，刚健含婀娜"的笔法了。

沈德潜又说，在结尾时，如全诗写得纡徐委婉的，须用陡峭劲健之语；诗写得一气直下峭拔，结尾则宜写得悠扬摇曳，宕开一笔而有含蓄蕴藉之致，这与苏轼所讲的道理是一致的。

比如杜甫的《高都护骢马行》：

> 安西都护胡青骢。声价㷀然来向东。
> 此马临阵久无敌，与人一心成大功。
> 功成惠养随所致。飘飘远自流沙至。
> 雄姿未受伏枥恩，猛气犹思战场利。
> 腕促蹄高如踏铁。交河几蹴曾冰裂。
> 五花散作云满身，万里方看汗流血。
> 长安壮儿不敢骑。走过掣电倾城知。
> 青丝络头为君老。何由却出横门道。

这首诗极尽纵横变化之能事，跌宕曲折，题为写马，实是借马喻人。"高都护"指高仙芝，开元末为安西都护府副都护。诗人要感慨的是，高仙芝战功赫赫，却未得到朝廷的体恤。

但他不由人写起，而是从马写入。开头四句力道沉雄，写出马的雄俊，以及常思战斗的英姿，意甚激昂，是刚健之语。

次四句写马远自西极流沙而来，但不求惠养，而一心只想效命沙场，"雄姿未受伏枥恩，猛气犹思战场利"两句，是承上"此马临阵久无敌，与人一心成大功"而深入一层，意谓老骥伏枥，仍有千里之志。语意上就偏于婀娜了。

"腕促蹄高如踏铁"以下四句，转为入声韵，诗意就显得尤其地峭拔。他说此马的腕骨非常短小，马蹄十分高厚（这是良马的特点），故能奔行如踏铁，西域交河的积冰都会被它踩裂，马身的毛花，犹如五花云一般，这是一匹奔行万里的汗血宝马。"长安壮儿不敢骑，走过掣电倾城知"，说长安精壮的男子都不敢骑它，因为马儿奔跑如风驰电掣，满城的人都会出来争看。到这里仍是刚健的。

"青丝络头为君老，何由却出横门道"，谓马已年长，怎能还让它再出横门（唐代长安城北西起的第一门，是往西域的必由之路），到沙场去拼死呢？末尾的两句，情感顿转蕴藉悲凉，充满对高仙芝的同情。这两句就是婀娜的。

又如杜甫的《送孔巢父谢病归游江东兼呈李白》：

> 巢父掉头不肯住。东将入海随烟雾。
> 诗卷长留天地间，钓竿欲拂珊瑚树。
> 深山大泽龙蛇远，春寒野阴风景暮。
> 蓬莱织女回云车，指点虚无是征路。

自是君身有仙骨，世人那得知其故。

惜君只欲苦死留，富贵何如草头露。

蔡侯静者意有馀。清夜置酒临前除。

罢琴惆怅月照席，几岁寄我空中书。

南寻禹穴见李白，道甫问信今何如。

　　这首诗赠给托病辞官的孔巢父，其时李白正在浙东一带，杜甫写这首诗，也请巢父转给李白看。

　　诗的前八句一气呵成，中间意脉没一点停顿，如黄河东奔入海，气势非凡。但尽管意脉相续不断，却不是没有变化。"巢父掉头不肯住"是直陈其事的赋笔，是端庄语；"东将入海随烟雾"就是流丽的笔致了。"诗卷长留天地间"是何等重大的笔法，刚猛无伦，马上又转到"钓竿欲拂珊瑚树"，轻身飞举，婀娜动人。

　　"深山大泽龙蛇远，春寒野阴风景暮"是重拙的描写，"蓬莱织女回云车，指点虚无是征路"则清空有致，像是书法创作中的一顿一提，笔画自然跌宕多姿。

　　"自是君身有仙骨，世人那（nuó）得知其故。惜君只欲苦死留，富贵何如草头露"，意思是巢父你本是仙骨珊珊的天生隐士，世人无法理解你，也属正常，又何必苦留不去，要知人世间的富贵就像草头的露珠一样，日出后旋即干掉，无须恋栈。

　　这四句是用来宽解巢父失官，从情感的脉络来说，前八句本是一条汹涌澎湃的大河，到这里水面忽变开阔，水流也开始舒缓起来。

"蔡侯静者意有馀"四句，转写他们的另一位不热中富贵的朋友（静者）蔡侯，意存缠绵，在清风朗月之夜，在庭院中置酒为别。鼓琴已毕，明月洒满了地席，心里充盈着惆怅，不由得想：君去后几时得有书信来？"除"，是台阶的意思，"临前除"，就是在庭院中。这几句更是悠扬摇曳。

最后，又用"南寻禹穴见李白，道甫问信今何如"两句重拙的话振起全篇。

在唐代以七古为后世推崇的还有韩愈。且看他的《郑群赠簟》：

> 蕲州簟竹天下知。郑君所宝尤瑰奇。
>
> 携来当昼不得卧，一府传看黄琉璃。
>
> 体坚色净又藏节，尽眼凝滑无瑕疵。
>
> 法曹贫贱众所易，腰腹空大何能为。
>
> 自从五月困暑湿，如坐深甑遭蒸炊。
>
> 手磨袖拂心语口，曼肤多汗真相宜。
>
> 日暮归来独惆怅，有卖直欲倾家资。
>
> 谁谓故人知我意，卷送八尺含风漪。
>
> 呼奴扫地铺未了，光彩照耀惊童儿。
>
> 青蝇侧翅蚤虱避，肃肃疑有清飙吹。

倒身甘寝百疾愈，却愿天日恒炎曦。

明珠青玉不足报，赠子相好无时衰。

　　这首诗的内容只是说，天特别热，作者无钱买好席子，友人郑群就送了一张给他。这本来是极平淡无奇之事，作者却能写得诗意盎然。

　　诗一开始，就以夸饰之笔先声夺人。韩愈不从天热开始写起，也不从对方的情意开始写起，而是从蕲州出产好竹席，郑群自用的席子尤好写起。说郑群携来好席，本想中午睡个好觉，但却欲眠不得，一府之人都要传看他的席子，那席子像黄琉璃一样莹滑可爱。席子质地坚韧，颜色匀净，竹节就像不存在一样，一眼望去找不到瑕疵。这是刚健雄奇的笔法。

　　"法曹贫贱众所易"以下八句，说自己做的是法曹的小官，囊无馀钱，为大家所轻视。这些天热得如在蒸笼里，恨不得倾尽家资来买一幅蕲州好席。这当然是夸张的说法。全诗到这里，是偏于刚健峭拔的。

　　而从"谁谓故人知我意"开始，至"肃肃疑有清飙吹"为止，笔法就转向了婀娜纡徐。他说八尺长的席子一铺开，仿佛水面吹过清凉的风，那光彩连童仆都要惊叹不已。以至于苍蝇、跳蚤、虱子都纷纷走避，仿佛有凉风吹过一样。"肃肃"是形容风声的象声词。

　　最后四句，再反写一笔，说身子倒在席上便得酣睡，所有毛病一下子好了，简直甘愿每天都是暑热的天气了。郑群兄你对我的情谊如此之深，我送你明珠、青玉都称不上报答，唯有赠你长久不衰的友谊吧！到这里，又是平淡中见奇崛，再回到刚健峭拔的一路来。

清代大诗人李黼平，字绣子，学杜、韩而有得，他的《夜渡洞庭》：

城陵山前霜月高。江潮欲上鸡初号。

舟人夜语起搊柁，但觉枕底生风涛。

粘天洞庭乘水入。余亦起从帆下立。

三江杳杳宿鹜迷，五渚苍苍老蛟泣。

巴丘邸阁波浪间。到眼突兀横编山。

芦中渔火尚未灭，空际梵音殊自闲。

绕湖周遭几百里。湿烟一堆层叠起。

倒影俯临明镜看，却是君山青插水。

二山宛在湖中央。南北苕亭势可望（wāng）。

不知蓬瀛定谁到，对此轼欲褰余裳。

斯须斗转星亦沉。群真出入地道深。

龙女遥归碧海岸，湘君正依斑竹林。

湘山虚肃徘徊久。小别京华亦回首。

洛阳少年济时才。上书那（nài）遣长沙来。

全诗主旨在末四句。作者坐船穿过洞庭湖，由眼前迷蒙的烟景，生出迁客骚人之悲。他想到的是西汉贾谊，因才高为人所嫉，被贬长沙王傅，亦隐有自伤身世之意。"上书那遭长沙来"的"那"，通"奈"，怎奈之意。

一般七古都是先高唱而起，本诗也不例外。"城陵山前霜月高"四句，写得非常刚健，非常重大。

"粘天洞庭乘水入"，是乘水而入高浪粘天的洞庭湖中，倒装句法；"余亦起从帆下立"这句，就是完全的散文句法，用在近体诗中会很突兀，但放在古风里，就显得更加质朴、更加刚健。"三江杳杳宿鹭迷，五渚苍苍老蛟泣"，虽用对仗，但却是不符合近体声律的古风句法，读来就有傲兀强奇之美。诗写到这里，仍以刚健沉雄为主。

"巴丘邸阁波浪间"二句，承上启下。以下十句写景，就像是画山水画，用淡墨渲染，写出洞庭君山湖山相映的美景。作者看到湖中的大小君山，忍不住将之比作传说中的仙山蓬莱、瀛洲，想要提起衣服的下摆，涉水往登。这是端庄的笔法。

"斯须斗转星亦沉"四句是想象之辞，他想象洞庭湖上仿佛有仙真出入，牧羊的龙女，泪溅斑竹枝的湘妃，都趁着天明归去了。写得影影绰绰，就是流丽的笔法。

结尾四句点明题旨，则笔法又转为重拙。

明代诗论家胡应麟说："七言长歌，非博大雄深、横逸浩瀚之才，鲜克办此。"强调写好七古需要有博大雄深的学养、横逸浩瀚的才力。

　　的确，学养才力不够，写七古很难写得好，但如在写作时多注意笔法的刚柔重轻，是会更易入门的。

词别是一家

　　词，本名曲子、曲子词，是隋唐时形成的一种音乐文体。当时西域的胡乐大量传入中国，与本土的音乐交融后，在宴会场合使用，谓之"燕乐"，"燕"是"宴"的通假字。词最早便是配合着燕乐的曲子，在宴会上演唱的歌词。

　　因为词最早都是演唱的，所以它就不像大多数的诗一样，每一句字数都一样，而表现为长短参差不一的形式，故又称"长短句"。词的曲调叫作词牌，想系宴会时点歌，以词调名写在木牌上，供人拣选，故名。

　　词是中国文体的花园中一朵最为娇艳的奇葩。在所有的文学体裁中，没有比词更美的了。它有着和谐的声律、参差的句法、绮丽的文辞，而多表现个人幽微的情感，故而较诸诗文，更易得到青年人的喜爱。在所有的文学体裁里，没有哪种文体比词更适宜表达爱情。青年人学习诗词，词比诗往往更容易写得好，便是这个缘故。

有一种观点认为，先学词，词写好了却未必能写好诗，但反过来先学诗，诗写好了再学词，词一定写得不错。这种观点是错误的。

词与诗是两种不同的文体，它们有不同的审美标准，有不同的学习门径，能写好诗的，未必能写好词，反之也一样。而能诗词兼擅的，一定是他对诗词两体都下足了功夫，都经过对典范作品的认真摹习。有些人以诗见长，词则稍逊，乃是因为他学诗比学词用力更深；有些人词胜于诗，也不是因为他先学了词，再去学写诗，而是因为他的性子更喜欢词，于学诗功夫下得不足。

所以，初学者学诗词，完全可以根据自己的性情和情感需要，选择是先从学诗开始还是先从学词开始。

历史上有一群人，不大瞧得起词，认为只是文人在宴会上的即兴游戏，又或者只是言情的小道，不能像诗一样言志载道，所以把词叫作"诗馀"，意思是诗衍而为词，词已经是诗的末流了。其实词的长处正在于其善言情。

王国维云："词之为体，要眇宜修。能言诗之所不能言，而不能尽言诗之所能言。诗之境阔，词之言长。"（《人间词话》卷下）词这种文体，有着与诗完全不一样的体性要求，又何必定要持着诗的标准来衡量词呢？

王国维所说的"要眇宜修"，出自《楚辞·九歌·湘君》一篇，"要眇"是一个联绵词，形容外形眇丽，"宜修"则是宜于修饰之意。"词之为体，要眇宜修"，即是说词的外形要比诗更美，文辞也要比诗更多修饰。

正因为词更重视文辞之美，所以不是所有的可以入诗的内容，都能写入词中。诗可以言志，可以抒情，可以叙事，而词只适合抒情。

诗的词汇多数也不能用到词里去，比如杜甫的诗句"夜阑更秉烛，相对如梦寐"，在晏几道的词里就得是"今宵剩把银釭照，犹恐相逢是梦中"。如直接移杜诗入词，就显得太重了。

尽管词的境界较诗为窄，但词表达的情感，却可以比诗更加绵长。

有一个叫《鹧鸪天》的词牌，与七律的形式很相像，平仄要求也差不多，但我们看同是咏上元节宫中行乐的内容，宋代无名氏的《鹧鸪天·上元词》就与王圭《上元》七律的风格大相径庭：

鹧鸪天·上元词

紫禁烟光一万重。五门金碧射晴空。梨园羯鼓三千面，陆海鳌山十二峰。　　香雾重，月华浓。露台仙仗彩云中。朱栏画栋金泥幕，卷尽红莲十里风。

上 元

昔年今日从（zòng，随行之意）宸游。彩仗纷纷已御楼。

半夜众星来紫极，一春万火纵丹丘。

玉栏曾侍看山久，翠罕仍酣赐醴优。

锦帐宵寒薰易歇，梦魂直欲到天头。

何以如此呢？原因便在于词中更注重选取美丽的词汇：香雾、月华、露台、仙杖、彩云、朱栏、画栋、金泥幕、红莲。所有这些偏于阴柔的美丽的字眼，密集地聚合在一起，就构成了词的要眇宜修的体性。

而在王圭的七律中，紫极、丹丘是偏于阳刚的，彩仗、玉栏、翠罕、锦帐又比较中性，不怎么具有词的味道。

总体来说，词的气质是偏于阴柔的，不像诗那样清健。北宋词人欧阳修的《生查子》：

去年元夜时，花市灯如昼。月上柳梢头，人约黄昏后。　今年元夜时，月与灯依旧。不见去年人，泪湿春衫袖。

情感结构全学唐代诗人崔护的《题都城南庄》：

去年今日此门中。人面桃花相映红。

人面不知何处去，桃花依旧笑春风。

但欧词既有月上柳梢头的清幽，又有人约黄昏后的淡雅，更有泪湿春衫袖的哀艳、婉约缠绵，与崔诗在惆怅中的落拓自雄，遂成两种风格。词之有异于诗，于兹可见。

词学大师夏承焘先生说过，"凡一体文学，必有一体的长处，非他体所能替代，其体始尊"（《作词法》）。他很认同前人论作词的著名观点，即作出来的词"上不可似诗，下不可似曲"，如此方是当行本色。

如北宋词人晏殊，有一诗一词，都用了"无可奈何花落去，似曾相识燕归来"这一联，但诗与词的体性就明显不同：

假中示判官张寺丞王校勘

元巳清明假未开。小园幽径独徘徊。

春寒不定斑斑雨，宿醉难禁滟滟杯。

无可奈何花落去，似曾相识燕归来。

游梁赋客多风味，莫惜青钱万选才。

浣溪沙

一曲新词酒一杯。去年天气旧亭台。夕阳西下几时回。　　无可奈何花落去，似曾相识燕归来。小园香径独徘徊。

而词牌、曲牌同叫《醉太平》，下面两首的体性也截然
分别：

醉太平
刘过

情高意真。眉长鬓青。小楼明月调筝。写春风数
声。　　思君忆君。魂牵梦萦。翠绡香暖云屏。更那（nuó）
堪酒醒。

醉太平
张可久

黄庭小楷。白苧新裁。一篇闲赋写秋怀。上越王古
台。　　半天虹雨残云载。几家渔网斜阳晒。孤村酒市野
花开。长吟去来。

文学理论家可以就诗、词、曲的风格分野展开更加深入的
论述，但学习词体创作的人，却完全不必理会这类理论。我们
只需要知道，所谓的当行本色，其实就是我们常讲的合格，合
乎最经典的作家的创作所共同形成的那一类的风格。

词的最初的"格"，是由花间词人所确定的。

花间词人指晚唐两位词人温庭筠、韦庄和五代时蜀地的
十六位词人，他们的词作被赵崇祚编为《花间集》，共五百首。

这部书就是北宋词人摹习的范本，也成为词的最早的经典范本。

欧阳炯为《花间集》作了序，里面说到这些词是在什么样的场合产生的：

> 则有绮筵公子，绣幌佳人，递叶叶之花笺，文抽丽锦；举纤纤之玉指，拍按香檀。不无清绝之辞，用助娇娆之态。

《花间集》中全是小令，小令的令，可能最初就是酒令的意思。正因《花间集》中的作品是在花间尊前绮筵绣幌的宴会场

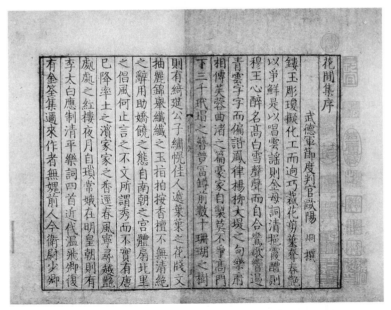

《花间集》序

所，由文人才子现场作来，交给歌女演唱的，所以在风格上就以"镂玉雕琼，拟化工而迥巧；裁花剪叶，夺春艳以争鲜"为极则。简单说，就是要选用美丽的词汇，表现绮艳的情怀。

宋初小令，多受《花间集》影响，即使到了清末，以王鹏运为代表的晚清词人，提倡填词要有"重、大、拙"三字诀，但在遣词用字上，仍要学习《花间集》。打个比方，《花间集》就像是王羲之的书法，学书法的人，一般都绕不开去临摹它。

《花间集》里最重要的两位词人就是温庭筠和韦庄。清末的词学家周济在《介存斋论词杂著》里把温、韦与南唐后主李煜相提并论，说：

> 毛嫱、西施，天下美妇人也。浓妆佳，淡妆亦佳，粗服乱头，不掩国色。飞卿，浓妆也。端己，淡妆也。后主则粗服乱头矣。

周济的意思是，词是一种美丽的文体，这种文体就像是毛嫱、西施这样有名的美女一样，宜于浓妆，宜于淡妆，甚至粗服乱头也仍然让人觉得那么美。温庭筠（字飞卿）的词是浓妆艳抹的美，韦庄（字端己）词是淡扫蛾眉的美，而李煜的词就是毫无妆饰的素颜之美了。

后主词不讲技法，纯以气行，那是他的天才和他所经受的亡国之恸所共同成就的不朽经典，后世无人可学；而温、韦的词则开后世作词无穷法门。在《花间集》以外，还有一位五代词人，就是南唐的冯延巳，他的《阳春集》也对后来的词家有非常深远的影响，故唐五代词人中，温庭筠、韦庄、冯延巳这三家的词，最宜细读成诵。

从北宋的柳永开始，词人渐渐多写音乐节奏较舒缓、文字篇幅更长的慢词。而宋代有两位词人，在慢词的制作上最为杰出，他们是北宋的周邦彦和南宋的吴文英。宋末尹焕说过："求词于吾宋者，前有清真（邦彦号），后有梦窗（文英号），此非焕之言，四海之公言也。"

清末周济编《宋四家词选》，把周邦彦、吴文英、辛弃疾、王沂孙列为宋代最有代表性的四家，而将很多的其他词人的作品，分别编到这四家下面，如苏轼就编在了辛弃疾的下面。周济提出了学词的路径，叫作"问途碧山，历梦窗、稼轩，以还清真之浑化"，即从摹习王沂孙（及其他编在王沂孙下面的词人，下同）的词作开始，再去摹写吴文英、辛弃疾的词，最后则再去摹写周邦彦的词，以达到浑化的境界。至于什么是浑化，只可意会不可言传，需要我们在填词的实践中自己去体会。

晚清大词人朱祖谋编有《宋词三百首》，是一百多年来最为风行的宋词选本。但这个选本和《唐诗三百首》有本质的不同。《唐诗三百首》编选的目的是"俾童而习之，白首而莫能废"，意在选出唐诗中最脍炙人口的作品；而朱祖谋所编的《宋词三百首》，是为学词的人提供摹习的范本。朱氏选词，独重浑

《宋四家词选》内页

成之旨，选得最多的也是周邦彦、吴文英的词作。

与朱祖谋同时的大词人陈洵（号海绡），在他的《海绡说词》中，更明确"以周、吴为师，馀子为友。使周、吴有定尊，然后馀子可取益"的主张。

后冯平先生编《宋词绪》，将周济与陈洵的理论合一，分"师周、吴""问途碧山""馀子为友"三部分，以供学词者循涂轨以入门。此书只在数十年前于香港出版过，印量又少，故大家很难见到。

他们之所以这样推崇周邦彦、吴文英，根本原因是他们认为周、吴是词的正格，而苏轼、辛弃疾的很多作品就是词的变调了。

我们今天的所有人，都知道词分豪放、婉约的说法。这个说法来自明代张綖的《诗馀图谱》。张綖说："词体大略有二：一体婉约，一体豪放。婉约者欲其辞情蕴藉，豪放者欲其气象恢弘。盖亦存乎其人，如秦少游（秦观）之作多是婉约，苏子瞻（苏轼）之作多是豪放。大抵词体以婉约为正。"

张綖承认词体以婉约为正格，这是尊重历史事实的说法。但说苏轼的词多是豪放，恐怕不对。苏轼的大多数词，并不是豪放的。豪放，是乐观积极，是满不在乎。苏词中真正的豪放之作并没有几首，像《念奴娇·赤壁怀古》"故国神游，多情应笑，我早生华发。人生如梦，一尊还酹江月"，就决不豪放。

而南宋词人张孝祥的《念奴娇·过洞庭》，就是真豪放了：

> 洞庭青草，近中秋，更无一点风色。玉界琼田三万顷，着我扁舟一叶。素月分辉，明河共影，表里俱澄澈。悠然心会，妙处难与君说。　　应念岭表经年，孤光自照，肝胆皆冰雪。短鬓萧疏襟袖冷，稳泛沧溟空阔。尽吸西江，细斟北斗，万象为宾客。扣舷独啸，不知今夕何夕。

张綖又说："婉约者欲其辞情酝藉，豪放者欲其气象恢弘"，气象恢弘，倒是说出了苏轼以诗为词的部分特征。

有一个著名的故事，说苏轼把自己所作的小词给晁补之、张耒看，问："我写的词与秦观的比，怎么样？"二人皆对曰："少游诗似小词，先生小词似诗。"本质上，苏轼是用诗的笔法、诗的词汇来写词，所以他的一部分词才表现出气象恢弘的特征来。

如苏轼的《江神子·密州出猎》：

> 老夫聊发少年狂。左牵黄。右擎苍。锦帽貂裘，千骑卷平冈。为报倾城随太守，亲射虎，看孙郎。　　酒酣胸胆尚开张。鬓微霜。又何妨。持节云中，何日遣冯唐。会挽雕弓如满月，西北望，射天狼。

虽然也是长短句的形式，但用词遣字，都是诗的风格。

而秦观的著名的《春日五首（其二）》，就不像是诗而像是词，原因就在于他的词藻是要眇宜修的：

> 一夕轻雷落万丝。霁光浮瓦碧差差。
> 有情芍药含春泪，无力蔷薇卧晓枝。

夏承焘先生认为，苏轼是词体的大功臣，但从另一面说，苏轼又可称得上是词体的罪魁祸首。说他是词的功臣，是因为从苏轼开始，才以作诗的笔法作词，拓大了词的内容，使得词不再限于花间尊前之作，而令得无论何种情感皆可入词。说他是词的罪魁，则在把诗词混合为一，破坏了词体的独立的价值（《作词法》）。

对于学词者而言，我们当然必须承认从苏轼以降用诗笔写词的这一路词风，的确是很大的创新，我们佩服这些作品的文学价值，但我们要知道，这些作品只是打着词的旗号的诗，是句法参差不齐而安上了词牌名的诗。

有人说苏轼的词须关西大汉，执铜琵琶、铁绰板，唱"大江东去"，但《念奴娇》这个词牌本是纪念唐代开元年间著名的女歌者念奴的，其音乐当然更宜于女子歌唱，苏轼用来写赤壁怀古的主题，词与音乐肯定格格不入。

南宋以后，词尚醇雅，有两位作家值得关注，他们融诗笔入词，让词既有诗的雄直，复有词的婉曲。他们是姜夔和张炎。

姜夔的诗走的是黄庭坚的一路，崇尚瘦硬，即所谓的江西诗派的路子。他把江西诗派的笔法，用在了他的词作中，就在豪放与婉约之外，形成了幽劲的风格。张炎则以清空骚雅为宗，像是淡墨的文人山水画一般。

清代浙西词派专学姜、张，便是因为他们既想拓大词的领域，又不希望词的审美被诗所同化，姜、张开创的风格，为诗词浑融一气开辟了一条可能的道路。

比如厉鹗的《百字令》(月夜过七里滩，光景奇绝。歌此调，几令众山皆响）：

> 秋光今夜，向桐江、为写当年高躅。风露皆非人世有，自坐船头吹竹。万籁生山，一星在水，鹤梦疑重续。桨音遥去，西岩渔父初宿。　　心忆汐社沉埋，清狂不见，使我形容独。寂寂冷萤三四点，穿破前湾茅屋。林净藏烟，峰危限月，帆影摇空绿。随流飘荡，白云还卧深谷。

幽劲盘旋，既是诗笔，又有词味，就是诗词体性结合得很好的例子。

清代中叶，常州人张惠言、张琦兄弟编就《词选》二卷，遂开后来的常州词派。张惠言在序文中说，词是"缘情造端，兴于微言"，意即词必须是抒情的，而它的文辞又须多选用纤小的意象，不可恢弘阔大。他说词用来"道贤人君子幽约怨悱不能自言之情，低徊要眇以喻其致"，意思是词适合于抒发贤人君子幽微隐约的、哀怨悱恻的、不能直说的情感，在结构上要婉曲，让人徘徊留连，要映丽，通过这样的形式，来传达词人不明白说出的情致。由此，张惠言在解释历史上很多名作的时候，认为这些作品表面上写风花雪月、美人香草，实际上寄托了词人的政治情怀、身世之慨。

我们固然不必完全赞同张惠言对历代名作的解读，但从另一面说，正是因为那些像诗一样劲直的词缺少词的真味，很多词人在需要用词来表达政治情感的时候，都是通过寄托的手法来写，这样就使得词的本色不会被破坏掉。

清代后期以还，多数词人受常州词派的影响，他们有意识地运用了寄托的手法，在表面伤春悲秋、流连风月的文辞内，寄寓托付了他们的身世之感、时事之悲，便因寄托的手法，既拓大了词境，又不损害词的本色之美。

我们且来看苏轼的两首词，一首是有寄托的，一首是直接感慨身世的，前者就远比后者更像词，也更耐读：

卜算子（黄州定慧院寓居作）

缺月挂疏桐，漏断人初静。谁见幽人独往来，缥缈孤鸿影。　　惊起却回头，有恨无人省。拣尽寒枝不肯栖，寂寞沙洲冷。

南歌子

苒苒中秋过，萧萧两鬓华。寓身此世一尘沙。笑看潮来潮去、了生涯。　　方士三山路，渔人一叶家。早知身世两聱牙。好伴骑鲸公子、赋雄夸。

当然，无论是浙西词派学姜、张的幽劲清空，还是常州词派的崇尚寄托，都是学词到了更高阶段的境界。

初学者应该尽量做到，能用诗表达的内容，就用诗来表达；

初学写词，还是专门地写爱情、写个人的无关家国兼济的感情吧，这样写出来的词，才有词味。等到诗、词都能运用自如了，再来用词表达更广阔的世界不迟。

诗词要想写好，都得先经大量的阅读，然后则是找准范本，着力临摹。一般诗词爱好者读词往往比读诗少得多，所以尤其需要补上阅读这一课。

词的最繁盛的时期有两段，一是唐五代两宋时期，一是清代，这两段时期的经典作品，都要用心细读。俞陛云《唐五代两宋词选释》、朱祖谋《宋词三百首》、龙榆生《近三百年名家词选》都是非常优秀的且较易获致的选本。

本来，龙榆生1934年开明书店版的《唐宋名家词选》是一部崇尚本色的优秀选本，但今天市面上流行的却是1956年的修订版本，这个版本是为了普及宋词而编选，因此就包容了更多的变体变调，对于有志创作的人反而不适用。

清词的另一个优秀选本是沈轶刘、富寿荪二先生合编的《清词菁华》，业师泝斋先生评论说：

> 当代人所撰有关词的选评本，余意以沈轶刘、富寿荪合选之《清词菁华》最为杰出。沈、富二先生皆精古文、擅诗词，独具只眼，所选首首可诵，评点鞭辟入里，甚多新见，远超时下诸多选本。

此书1986年在安徽文艺出版社出版，仅印3800册，此后再未重印。

甚望有识见的出版家，能将1934年开明版《唐宋名家词选》与《清词菁华》及冯平《宋词绪》一并印行，供学词的人朝夕讽诵。

奉谱填词

我们在创作一首诗时，可以说写诗、吟诗、作诗，但说到要创作一首词，一般会说填词。之所以用"填"而不用别的词，乃因在唐宋时的曲子词，绝大多数都是先有曲子，再由文人根据曲调的旋律，填入词句。

文人初介入到新兴文体的词的创作中时，所写的还只是小令。他们自然而然地用写近体诗的习惯去写小令，所以很多的小令，其平仄与五七言近体有着难以分割的亲缘关系。像五代时的词人薛昭蕴的《浣溪沙》：

倾国倾城恨有馀。几多红泪泣姑苏。倚风凝睇雪肌肤。　　吴主山河空落日，越王宫殿半平芜。藕花菱蔓满重湖。

平仄的排布是：⟨仄⟩仄平平仄仄平。⟨平⟩平⟨仄⟩仄仄平平。⟨平⟩平⟨仄⟩仄仄平平。⟨仄⟩仄平平平仄仄，⟨平⟩平⟨仄⟩仄仄平平。⟨平⟩平⟨仄⟩仄仄平平。每一句都是律句。

又如温庭筠《菩萨蛮》亦全为律句：

> 小山重叠金明灭。鬓云欲度香腮雪。懒起画蛾眉。弄妆梳洗迟。　照花前后镜。花面交相映。新帖绣罗襦。双双金鹧鸪。

平仄排布是：⟨平⟩平⟨仄⟩仄平平仄。⟨平⟩平仄仄平平仄。仄仄仄平平。⟨平⟩平⟨仄⟩仄平。⟨平⟩平平仄仄。⟨仄⟩仄平平仄。⟨仄⟩仄仄平平。⟨平⟩平⟨仄⟩仄平。其中⟨平⟩平⟨仄⟩仄平这个句式，也像五言律句一样，不能犯孤平，即不允许出现仄平仄仄平的句法。

用作诗的声律去写词，其与音乐未必能尽合，此后一部分知音晓声的词人，为了让曲子词的文辞尽量配合旋律的变化，严谨到每一个字的声调都要很讲究。

李清照曾说，晏殊、欧阳修、苏轼这些学问大的人物，照道理填一首小词，就像从大海中舀出一瓢水一样，是很容易的事，然而并不。她说这些人写的都是"句读不葺"的诗，又往往不能唱，原因就是他们只知平仄，而不知填词除了要注意平仄，还要注意更多的声音的细节。

她说词分五音，又分五声，又分六律，又分清浊轻重。她自己的名作《声声慢》，开头十四字"寻寻觅觅，冷冷清清，凄凄惨惨戚戚"，每个字的声母都在唇齿间发音，夏承焘先生认为这充分表现出女主人公抑郁噎嚅的心境，恐怕是李清照有意为之。

北宋的柳永、周邦彦，南宋的姜夔、吴文英、张炎，都是深通乐理的词人，他们的词在每个字的声调上，可能也比不明乐理的词人要讲究得多。

姜夔制平韵《满江红》词，在小序中说："《满江红》旧调用仄韵，多不协律。如末句云'无心扑'三字，歌者将'心'字融入去声，方谐音律。"

张炎的父亲张枢，每作一词，必令歌者按之，稍有不协，随即改正。他曾赋《瑞鹤仙》一词，有"粉蝶儿、扑定花心不去"之句，"扑"字稍不协乐谱，遂改为"守"字，乃协。"扑"是入声，"守"是上声，同为仄声，乃相异如斯。又作《惜花春起早》云"锁窗深"，"深"字音不协，改为"幽"字，又不协，改为"明"字，歌之始协。此三字皆平声，而"深""幽"都是阴平，"明"是阳平，其不同如此。

但这样的词人应该只占少数，否则李清照就不会说"词别是一家，知之者少"了。

唐宋时的词乐，大多亡佚了。今存最为可靠的，一是敦煌发现的唐代的琵琶谱，共有二十五个词调；二是南宋时的姜夔，他曾自己作曲写了十七首词，在这些词的旁边，也标记了乐谱。

清代乾隆年间，庄亲王允禄受命编撰一部中国古代音乐总集，叫作《新定九宫大成南北词宫谱》，里面保存了近二百支词的乐谱。书中的词乐，一部分来自元明以来的口耳相传，是

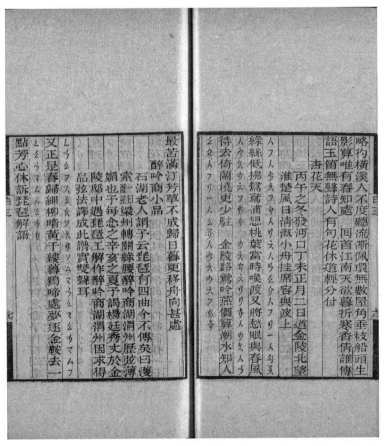

《白石道人歌曲》内页

受了新兴的音乐形式——南北曲的改造后，风格变异了的词乐，一部分很可能来自于清初尚存于世的南宋内府所修词谱《乐府混成集》。

道光年间，谢元淮把《新定九宫大成南北词宫谱》中的词谱辑录了出来，单独成书，即《碎金词谱》。我们今天大致能感知到唐宋词的音乐之美，就主要是靠《碎金词谱》这本书。《碎金词谱》中的词乐，是遵循了昆曲的唱法来唱的，与唐宋词的真实唱法应该也有很大的区别。

今天有唐宋的乐谱存世，并不意味着我们还可以像唐宋时知音晓声的词人那样，照着音乐来填词。因为唐宋词的唱法已经失传了，今天也没有懂得唐宋词乐的乐工、歌伎。

而即使在古代，大多数词人也是不通乐理的。他们在填词时，并不是照着词的乐谱去填入字句，而是根据一些前人的名作，

《碎金词谱》内页

亦步亦趋地依照它们的平仄去写。这样实际上是把填词当作了写诗，这样填好的词，也可以像诗一样，按照"平长仄短，韵脚回环"的方式去吟诵，但却不一定能付诸歌唱了。

这样地填词，填出来的不是曲子词，而是"句读不葺"的长短句。于是，填词所依照的词谱，就不再是音乐的谱子，而是根据前人作品归纳出来的平仄之谱。

一派激进的观点认为，既然词已经没有了古乐，我们今天为什么还要遵循平仄呢？既然填出来的词也不能用古乐演唱，还依着古之词人的平仄来写，不敢越雷池一步，岂非可笑？这样想的人很难写好词。

清代朴学大师俞樾为《校刊词律》作序，说"律严而词之道尊矣"，古典文体之所以能成经典，就因为它们不像民间的文学一样率意，而有着严谨的程式。

民国时清华研究院国学门主任吴宓，为了说明诗的韵律的重要，曾引用法国学者保罗·韦拉里（Paul Valéry，1871-1945）的观点说："诗中韵律之功用，正以吾人出言下笔太过轻易，遂特设此种种严密复杂之规矩，作为抵抗之材料。"又曰："此等枷锁羁勒，能常紧束诗人之天才，使不至一刻放纵怠惰，而率尔粗心吟成劣诗。"

作诗填词严守声律，不止是为了吟诵的悦耳，音节的动人，更是为了让人心中常存对雅言的敬畏。为了合于声律的要求，创作者就不得不努力去寻找日常词汇以外的典雅的词汇，而让语言变得更加粹美。按照格律写诗填词，就像是进健身房撸铁，只有负重训练，才长得出肌肉，也只有严守声律，才能写出更有诗情、更有词味的作品。

现存最早的词的平仄谱，是明人张綖的《诗馀图谱》。此书共收词谱一百一十首，用白圈○代平，黑圈●代仄，上白下黑圈代应平可仄，上黑下白圈代应仄可平。每一句图谱下，用小字注明是第几句，本句字数，在韵句下则注明是如何叶韵的。

但本书所载的词谱，往往不据古词，随意填注，特别是古人词中的拗句，张綖多给改成律句，复又校雠不精，舛谬乖方。明代天启后至清康熙中，风行百年的《啸馀谱》，同有此病，故皆不可为据。清初的《填词图谱》，

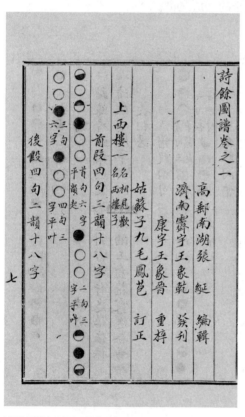

《诗馀图谱》对平仄韵位的标示

就更等而下之了。这种填词而无可靠的词谱可依的情形，直到康熙二十六年万树的《词律》刊行后，才被扭转过来。

《词律》是万树一人之著作，收词牌六六〇调，一一八〇体，考订甚精详。至咸丰中杜文澜作《词律校刊记》，就更加精审。同治中又有徐本立作《词律拾遗》。清光绪二年，时任江苏藩台的恩锡，与杜文澜一道，刊行了《校刊词律》，包括上述三种著作，并增《词律补遗》一卷。上海古籍出版社曾据此本影印。

清代王奕清等人奉康熙敕编成的《钦定词谱》，收词谱八百馀调，别体二千馀种，是旧时最完备的一部平仄谱，中国书店曾据康熙五十四年内府刻本影印。《钦定词谱》的平仄符号沿用了《诗馀图谱》的做法，而用小字的读、句、韵来区分句式，简明切要。其价值在一个"全"字，但不及《校刊词律》精审。

《校刊词律》《钦定词谱》卷帙浩繁，不便携带。清嘉庆中，有舒梦兰者，编定了一部简明版的词谱——《白香词谱》。是书选了从唐代到清代共一百首词，因所选的作品大多通俗易解，故编成后甚为流行。直至龙榆生先生《唐宋词格律》一书出，才完全取代了《白香词谱》的地位。

有人称《白香词谱》是"词选最善之本""学词入门第一书"，其实本书作为词选看，所选过于通俗，学之易入浅滑，又仅收例词一百首，作者五十九人，不便学者转益多师；作为词谱来看，所收多是句法近于诗的熟调，不收与诗相去甚远的涩调，学者循此以入，很难体会到词与诗在体性上的巨大差异，也就

词谱卷三

二詞按湘山野錄本名憶餘杭且與以上諸詞體製不合故仍按律詩字數另列在後

怨回紇

吹馬笛叶　胡云此調本結五言律詩見尊前集收皇甫松詞第一首

朝二戒女婦

怨　开帆候信潮叶　兩平前後　雕巢桃葉泣句

回　人歸塵上橋叶　隔筵桃葉泣句

紇　别離惆悵淚叶

皇甫松　吹管杏　一

花飄席征棹叶　各叶雙調泛沧河四十字前後二平韵

江路濕紅蕉叶　船去鷗飛闊句

祖席駐征棹

又一體　單調四十字六句四平韵

曾聞瀚海使難通叶　幽閨少婦罷裁縫叶　樂府詩集無名氏

戰苦誰能對鏡冶愁容叶　緬想邊庭征

白頭翁叶　久戍人將老句須更變作

此見樂府詩集名同紇樂苑注商調曲也與皇甫松

詞句讀不同元郭茂倩編入近代曲辭故亦採入以

體備一詞

生查子　唐敎坊曲名尊前集注雙調元高拭詞注南

呂宮朱希真詞有遙望楚雲深名楚雲深

韓淲詞有山意入春晴都是梅和柳句名梅和柳

又有睛色入青山句名睛色入青山

詞譜卷三　　怨回紇　生查子

《钦定词谱》对平仄韵位的标示

不太容易写出好词。

　　龙榆生先生的《唐宋词格律》，原是他在大学讲授唐宋词的讲义。是书分平韵格、仄韵格、平仄韵转换格、平仄韵通叶格、平仄韵错叶格五类，收唐宋词牌一百五十馀调，每个词牌下附一首或多首例词，所收的词牌大多在唐宋时常用，所选作品也皆是可诵之作，既是一部简明的便于实用的词谱，也是一部较优秀的唐宋词选本。

此书间或有疏于考订之处。如《醉翁操》本是平韵词，因苏轼词有"空有朝吟夜怨"之句，龙先生误以为"怨"字是仄声，故归入"平仄韵通叶格"，其实怨字可平可仄，此处是平声。又如《曲玉管》一调，应分三段，龙先生按《钦定词谱》只分两段，且断句也有错误。这些在《校刊词律》里都是不误的。

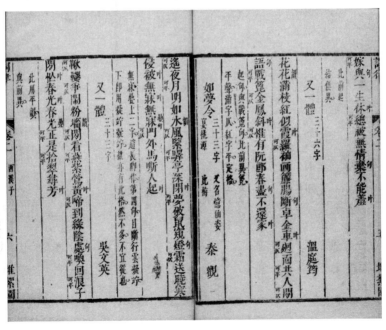

《词律》对平仄韵位的标示

三百多年来，《校刊词律》一直被填词家奉为圭臬。除了考订精审，它的好处还在于其标识平仄的方式。《词律》所收的每个词牌的每一体，都用一首例词表示，例词的右边，用小字注明句、豆、韵、叶，而只有可平可仄的字，才会在例词的左边，用小字注明"可平"或"可仄"，不像其他词谱一样，每个字的平仄都用符号标识出来。

这就意味着，你要用《校刊词律》作为词谱，就必须认真读例词，你必须自行脑补出每一个字的平仄。这样你既在不知不觉中读了很多的古人之作，又更熟悉了平仄。相当于在健身房里，有一个教练在旁边敦促你训练，就算再孱弱的人，总也能长出健美的肌肉来。

词的分片

《诗经》中的诗，一般都是分段的，其后汉魏乐府诗，也往往分段。乐府诗中每一段，谓之一"解"，如曹植的《箜篌引》：

> 置酒高殿上，亲友从我游。
> 中厨办丰膳，烹羊宰肥牛。
> 秦筝何慷慨，齐瑟和且柔。（一解）
> 阳阿奏奇舞，京洛出名讴。
> 乐饮过三爵，缓带倾庶羞。
> 主称千金寿，宾奉万年酬。（二解）
> 久要不可忘，薄终义所尤。
> 谦谦君子德，磬折欲何求。
> 惊风飘白日，光景驰西流。（三解）
> 盛时不可再，百年忽我遒。

生存华屋处，零落归山丘。

先民谁不死，知命复何忧。（四解）

诗中的每一解，都是乐曲的一个篇章，这和《诗经》分段的原理是一样的。

词也大多分段，不像古近体诗一段到底，同样是因为词的音乐部分会分出篇章。章字从音从十，它的本义就是一段乐曲的完毕。

大多数的词分为上下两段，上一段叫上片，下一段叫下片。分成上下片的词，一般叫作"双调"，而不分段的词，就叫作"单调"。双调词下片的第一韵，谓之过片，或者叫换头。古人常说，过片不可断了曲意，很是重要。还有分三片以至四片的词，叫作三叠词和四叠词。从第二叠起，每一叠开头的第一个韵，也都是过片。因为词有分片，每一片就相对独立，在结构上就和古近体诗有很大分别，而与分作数解的乐府诗相近。

《鹧鸪天》是一个体格最近于七律，而又与七律不同的词牌。之所以不同，便在于词的上片、下片自有其起承垫结，上下片既独立，又有联系，像是两首七绝合在一起。如晏几道的这一首送人之作《鹧鸪天》：

绿橘梢头几点春。（起）似留香蕊送行人。（承）明朝紫凤朝天路，（垫）十二重城五碧云。（结）　　歌渐咽，酒初

醺。(起，但也承上片。) 尽将红泪湿湘裙。(承) 赣江西畔
从今日,(垫) 明月清风忆使君。(结)

对比宋代赵蕃的《留别周愚卿兄弟》:

> 四海虽云皆弟昆。怅兹薄俗与谁论。(起)
> 平生泛爱老逾厌,独觉君家久更敦。(承)
> 百里阑干山作几,数家篱落竹为村。(转)
> 异时相忆相思处,明月清风同酒樽。(合)

可以看出分了片的词,结构就与诗完全不同了。而单调的
词就不然,与诗的结构是一致的。如寇准的《江南春》:

> 波渺渺,柳依依。(起) 孤村芳草远,斜日杏花飞。
> (承) 江南春尽离肠断,(垫) 蘋满汀洲人未归。(结)

三叠词的结构又不同。普通的三叠词,是每一叠写一意,
一叠比一叠意深。如柳永的《戚氏》:

> 晚秋天。一霎微雨洒庭轩。槛菊萧疏,井梧零乱,惹
> 残烟。(起) 凄然。望江关。飞云黯淡夕阳间。(承) 当时宋
> 玉悲感,向此临水与登山。远道迢递,行人凄楚,倦听陇

水潺湲。（转）正蝉吟败叶，蛩响衰草，相应喧喧。（合）

孤馆度日如年。风露渐变，悄悄至更阑。（起）长天净、绛河清浅，皓月婵娟。思绵绵。（承）夜永对景那堪，屈指暗想从前。（转）未名未禄，绮陌红楼，往往经岁迁延。（合）

帝里风光好，当年少日，暮宴朝欢。况有狂朋怪侣，遇当歌、对酒竟留连。（起）别来迅景如梭，旧游似梦，烟水程何限。念利名、憔悴长萦绊。追往事、空惨愁颜。（承）漏箭移、稍觉轻寒。渐呜咽、画角数声残。（转）对闲窗畔，停灯向晓，抱影无眠。（合）

词的内在脉络非常清晰。上片起于孤馆中独立庭轩，承接以乡关之思，再转为对此番来到孤馆的行程的回忆，以孤馆所听到的蝉吟蛩响收束。

中片以"孤馆度日如年"一句为过片，暗承上文的"一霎微雨洒庭轩"，又以"风露渐变，悄悄至更阑"呼应前文的"飞云黯淡夕阳间"，并引出下文，在夜里仰望银河皓月，悲不自禁。

下片"帝里风光好，当年少日，暮宴朝欢"是过片，承接中片的"屈指暗想从前"，并对比今昔，将浓挚的感情投入到对往事的追悔中去。"漏箭移、稍觉轻寒。渐呜咽、画角数声残"是从缅怀往事而回到现实，"对闲窗畔，停灯向晓，抱影无眠"则是追往抚今后的孤独凄凉，是第三叠的结束，也是整首词的结尾。

而有一种特殊的三叠词，前两片的结构完全一样，谓之双拽头，则前两片更多是并列的关系，第三叠再作总结。如姜夔《秋宵吟》：

> 古帘空，坠月皎。（起）坐久西窗人悄。（承）蛩吟苦，（转）渐漏水丁丁，箭壶催晓。（合）
>
> 引凉飔、动翠葆。（起）露脚斜飞云表。（承）因嗟念，（转）似去国情怀，暮帆烟草。（合）
>
> 带眼销磨，为近日、愁多顿老。（起）卫娘何在，宋玉归来，两地暗萦绕。（承）摇落江枫早。嫩约无凭，幽梦又杳。（转）但盈盈、泪洒单衣，今夕何夕恨未了。（合）

无论去掉上片，还是去掉中片，这首词都不能说变得不完整了。就因前两片是双拽头，它们之间并没有一个承应递进的关系。

四叠的词只有《胜州令》和《莺啼序》。《莺啼序》的定格是二百四十字，乃词中字数最多者，一般写出来都像是一篇抒情小赋。

别看《莺啼序》字数多，其实写来并不难，只要掌握其结构，是每一叠自有起承转合，而在整首词中，第一叠是起，第二叠是承，第三叠是转，第四叠是合，就容易完篇了。

《水云词》内页

且看由宋入元的南宋宫廷乐师汪元量的《莺啼序·重过金陵》：

> 【起】金陵故都最好，有朱楼迢递。(起)嗟倦客、又此凭高，槛外已少佳致。(承)更落尽梨花，飞尽杨花，春

也成憔悴。（转）问青山、三国英雄，六朝奇伟。（合）

【承】麦甸葵丘，荒台败垒。鹿豕衔枯荠。（起）正潮打孤城，寂寞斜阳影里。（承）听楼头、哀笳怨角，未把酒、愁心先醉。（转）渐夜深，月满秦淮，烟笼寒水。（合）

【转】凄凄惨惨，冷冷清清，灯火渡头市。（起）慨商女不知兴废。隔江犹唱庭花，馀音亹亹。伤心千古，泪痕如洗。（承）乌衣巷口青芜路，认依稀、王谢旧邻里。（转）临春结绮。可怜红粉成灰，萧索白杨风起。（合）

【合】因思畴昔，铁索千寻，谩沉江底。挥羽扇、障西尘，便好角巾私第。（起）清谈到底成何事。回首新亭，风景今如此。（承）楚囚对泣何时已。叹人间、今古真儿戏。（转）东风岁岁还来，吹入钟山，几重苍翠。（合）

词的【第一叠】是整篇的起，写登览所见。这一叠中，每一韵就是一个层次。

第一韵是起，谓金陵有朱楼迢递，似乎仍有昔日的繁华。

第二韵是承，说倦客凭高，却有着不同的感受，槛外风光已少了佳妙的情致。

第三韵转说时节已是暮春，万花飘尽，无限愁人。

第四韵是首叠的合，谓青山无恙，三国六朝的英雄，却早都泯灭了。

【第二叠】是整篇的承，写怀古，同样是每一韵，就是一个层次。

第一韵以景物起兴，写出了元兵南下后，金陵城荒败的景象：郊野不见人烟，向日人家聚居的村落，只是野蛮地生长着麦子与冬苋菜，高台崩坏，营垒颓圮，鹿和野猪在城外游荡，寻找食物。这里用了《吴越春秋》中伍子胥劝吴王夫差不可借粮给越国的话："臣必见越之破吴，豸鹿游于姑胥之台，荆榛蔓于宫阙。"这是一个意指亡国之惨的典故。

第二韵是承，用唐代诗人刘禹锡《金陵五题》中的语典："潮打孤城寂寞回"和"乌衣巷口夕阳斜"。

第三韵转为刻画内心活动。

第四韵是合，既是实写眼前景，交代时间上由"寂寞斜阳影里"转到了"夜深"，也化用了杜牧的名句"烟笼寒水月笼沙，夜泊秦淮近酒家"。

【第三叠】是整篇的转，作者由吊古转为伤今。

"凄凄惨惨"三句是本叠的起，这是纵情高起的写法，不经起兴而起，情感就尤其地峭拔。

"慨商女"五句，化用杜牧"商女不知亡国恨，隔江犹唱后庭花"，是用商女的不知亡国，与作者的亡国之悲做对比，以承接上文。

"乌衣巷口"三句是本叠的转，由心理活动转到写眼前景，说从前的朱门甲第，都长满了杂草。亦用刘禹锡《金陵五题》的语典："乌衣巷口夕阳斜"和"旧时王谢堂前燕"。"青芜"，指杂草丛生。

"临春结绮"三句是本叠的合，说豪奢的殿阁早已荒废，殿阁中的妃嫔宫人也都白骨成灰，只有风吹白杨发出飒飒的悲鸣罢了。结绮阁与临春阁，都是陈朝所修建的殿阁，"瑰奇珍丽，近古所未有"，刘禹锡《金陵五题》里有"结绮临春事最奢"。

【第四叠】是整篇的合，写的是对历史和现实的深沉反思。

"因思畴昔"六句是起，写晋帅王濬平吴而功高不见赏，王导对东晋有再造之功，却不如庾亮凭外戚而专权，借晋朝故事，暗指南宋用人不当，终致灭亡。

"铁索千寻，漫沉江底"是说王濬伐吴时，东吴在江上险碛要害之处，设铁索阻拦王濬的楼船，但被王濬以麻油大火炬烧断。这是用了刘禹锡的《西塞山怀古》的语典："千寻铁锁沉江底，一片降幡出石头。""寻"是八尺，"漫"是徒然之意。王濬后来自恃功高，常有不平，他的亲戚范通劝他："卿旋旆之日，角巾私第，口不言平吴之事。若有问者，辄曰：'圣主之德，群帅之力，老夫何力之有焉！'"

庾亮与丞相王导同为辅命大臣，庾亮拥重兵出镇于外，有南蛮校尉陶称劝王导预做提防，怕庾亮会举兵攻打他，王导说："吾与元规（庾亮字）休戚是同，悠悠之谈，宜绝智者之口。则如君言，元规若来，吾便角巾还第，复何惧哉！"

当时庾亮虽居外镇，而执朝廷之权，既据荆州一带，拥强兵，趋炎附势者多归之。王导心内不平，但凡遇西风尘起，就举起扇子自蔽，慢慢说："元规尘污人。"

"清谈"三句是本叠的承，用桓温和王导的典故。

桓温北伐过淮泗，践北境，与诸僚属登平乘楼，眺瞩中原，慨然说："遂使神州陆沉，百年丘墟，王夷甫诸人不得不任其责！"王夷甫是晋代著名的清谈家，桓温说正因这些朝中大臣整日清谈，才使神州赤县被胡人占据。

西晋为五胡所倾覆，衣冠南渡，在江边造了新的亭子，每至暇日，相约一起到新亭饮宴。周颛中坐而叹道："风景不殊，举目有江河之异。"大家都相视流泪，只有王导愀然变色，道："当共戮力王室，克复神州，何至作楚囚相对泣邪！"

此三句借古喻今，说南宋因耽于逸乐，终至败亡。

"楚囚"二句（"叹人间"后面用顿号，不是一独立的句子）是本叠的转。仍用新亭对泣之典，但加一"何时已"，就说明历史在重复发生，南宋并未吸收西晋的教训，而以"叹人间、今古真儿戏"的议论，寄托出质直动人的情感。

本叠的最末，用"东风"三句，融情于景，以作收束。在抒情之后写景，会有含蓄不尽的馀味。

这三句不止是本叠的合，更是一篇之总结。汪元量用无恙的青山，对比无数次的改朝换代，用"一"和"多"作比，自然就有了无穷的艺术张力。

词的分句

水龙吟·次韵章质夫杨花词

苏轼

似花还似非花，也无人惜从教坠。抛家傍路，思量却是，无情有思（sì）。萦损柔肠，困酣娇眼，欲开还闭。梦随风万里，寻郎去处，又还被、莺呼起。　　不恨此花飞尽，恨西园、落红难缀。晓来雨过，遗踪何在，一池萍碎。春色三分，二分尘土，一分流水。细看来不是，杨花点点，是离人泪。

苏轼的这首和韵章楶（jié）的《水龙吟》词，在词史上一直非常有名。王国维的说法是章楶的原词像和作，而苏轼的和作像原词，才力之不可强如此。

这首词的末三句，大多数人标点作："细看来、不是杨花，点点是、离人泪。"这样标点，显然是不懂得词的分句要依本于其音乐，而强作解人。因有人错作这样的标点，遂致后人误以为此是《水龙吟》的"又一体"，甚至照此分句法去填这首词。万树在《词律发凡》中说这样标点的人是"昧昧者"，照此填词"极为可笑"。

的确，我们但看宋代《水龙吟》的名作，末句无不作"五、四、四"的分句法。如苏轼的《雁》作"念征衣未捣，佳人拂杵，有盈盈泪"；辛弃疾《登建康赏心亭》作"倩何人唤取，红巾翠袖，揾英雄泪"；刘过《寄陆放翁》作"算平生白傅，风流未可，向香山老"；朱敦儒作"便争回蕊佩，高驰羽驾，卷东风转"；吴文英《惠山酌泉》作"把闲愁换与，楼前晚色，棹沧波远"。

而末句的四言句，又大多写作"一、二、一"的句法，"有/盈盈/泪""揾/英雄/泪""向/香山/老""卷/东风/转""棹/沧波/远"等句，无不如是。

这种违背了一般四言诗"二、二"节奏的句法，何以能在《水龙吟》词中大行其道？原因就是此词演唱时，最后一句在第一字、第三字后都有顿挫，以增加词的感染力，这样填词家在填的时候，也多依本音乐的节奏。今天我们即使没有听过《水龙吟》的古乐演唱，也能从这种"一、二、一"的节奏中，感受到盘郁拗怒的气息。

苏轼的这首杨花词中，还有"梦随风万里""恨西园、落红难缀"这两句，与诗的句法不同。

诗的五言句子，只能是上二下三的句法，但"梦/随风万里"却是上一下四。此处辛词作"把/吴钩看了"，陈亮《春恨》词作"恨／芳菲世界"，宋人大多写成上一下四的句法。

而"恨西园、落红难缀"一句，是诗中绝无而词中常见的七言句法，它是上三而下四，诗中的七言却只能是上四而下三。

上一下四，或上三而下四，以至上三下五、上三下六的句子，都是**"尖头句"**，是词中特别常见的一种分句。

万树为了强调尖头句与普通的七言句的不同，在《词律》中发明了一个符号，叫作"豆"，即句读（dòu）之读的省写，后来《钦定词谱》仍写作"读"，而龙榆生先生的《唐宋词格律》就用顿号来表示了。

朱庸斋先生在《分春馆词话》卷二中说：

> 词中有豆，为诗中所无。豆不能独自为句，然乃转折至要之处，似断还连，将意境转变。务须矜练，切勿轻易放过。

像张炎《八声甘州》：

> 记玉关踏雪事清游。寒气脆貂裘。傍枯林古道，长河

饮马，此意悠悠。短梦依然江表，老泪洒西州。一字无题处，落叶都愁。　　载取白云归去，问谁留楚佩，弄影中洲。折芦花赠远，零落一身秋。向寻常、野桥流水，待招来、不是旧沙鸥。空怀感，有斜阳处，却怕登楼。

"向寻常、野桥流水，待招来、不是旧沙鸥"是两句尖头句，"向寻常"和"待招来"都不能独立成句，它们与下面的话若断若续，意脉相连，两个尖头句连用，显得那么地跌宕多姿。

但"空怀感，有斜阳处，却怕登楼"的"空怀感"，就是一个独立的句子了，它与"有斜阳处"并没有似断还连的关系。

又如秦观的《满庭芳》：

山抹微云，天连衰草，画角声断谯门。暂停征棹，聊共引离尊。多少蓬莱旧事，空回首、烟霭纷纷。斜阳外，寒鸦万点，流水绕孤村。　　销魂。当此际，香囊暗解，罗带轻分。谩赢得青楼，薄幸名存。此去何时见也，襟袖上、空惹啼痕。伤情处，高城望断，灯火已黄昏。

"空回首、烟霭纷纷""襟袖上、空惹啼痕"都是尖头句，而"斜阳外，寒鸦万点""伤情处，高城望断"就都不是尖头句。

初学者写词，往往该用顿号的地方也标成逗号，这说明他对尖头句法很是懵懂，填词时没有下过工夫去读例词。通常我们只要看一个人标点得对不对，对他的词作水平就可以有大致的判断了。

词中有时候两句相邻的尖头句会对仗，即谓之"尖头对"。如柳永《临江仙引》：

> 上国。去客。停飞盖、促离筵。长安古道绵绵。见岸花啼露，对堤柳愁烟。　　物情人意，向此触目，无处不凄然。醉拥征骖犹伫立，盈盈泪眼相看。况绣帏人静，更山馆春寒。今宵怎向漏永，顿成两处孤眠。

李清照的《多丽·咏白菊》：

> 小楼寒，夜长帘幕低垂。恨潇潇、无情风雨，夜来揉损琼肌。也不似、贵妃醉脸，也不似、孙寿愁眉。韩令偷香，徐娘傅粉，莫将比拟未新奇。细看取、屈平陶令，风韵正相宜。微风起，清芬酝藉，不减酴醾。　　渐秋阑、雪清玉瘦，向人无限依依。似愁凝、汉皋解佩，似泪洒、纨扇题诗。朗月清风，浓烟暗雨，天教憔悴瘦芳姿。纵爱惜、不知从此，留得几多时。人情好，何须更忆，泽畔东篱。

需要说明的是，词的对仗更多是继承了骈体文的对仗形式，而不必如律诗的对仗那样讲究——

词中的对仗可以不避重字，如上引李清照词上片两用"也不似"，下片"似愁凝""似泪洒"两用"似"字，又如她的名句"才下眉头，却上心头"；

可以不必平仄相对，只要平仄符合《词律》《词谱》的要求即可，如"几许渔人飞短艇，尽载灯火归村落"(柳永《满江红·仙吕调》)、"彩舟云淡，星河鹭起"(王安石《桂枝香·金陵怀古》)、"情高意真，眉长鬓青"(刘过《醉太平·闺情》)；

可以在对仗句前面加领字，如"看槛曲萦红，檐牙飞翠"(姜夔《翠楼吟》)、"有翩若惊鸿体态，暮为行雨标格"(聂冠卿《多丽·李良定公席上赋》)、"那堪片片飞花弄晚，蒙蒙残雨笼晴"(秦观《八六子》)。

词的对仗又往往带有随意性。两句字数相同而成对仗者极多，但并不是像律诗一样，一定要求对仗。如五代词人薛昭蕴的两首《浣溪沙》：

红蓼渡头秋正雨，印沙鸥迹自成行。整鬟飘袖野风香。　不语含颦深浦里，几回愁煞棹船郎。燕归帆尽水茫茫。(其一)

江馆清秋缆客船。故人相送夜开筵。麝烟兰焰簇花钿。　正是断魂迷楚雨，不堪离恨咽湘弦。月高霜白水连天。(其二)

过片二句，前一首不对仗，第二首对仗。

又像《念奴娇》词下片第三韵，苏轼《中秋》作"便欲乘风，翻然归去，何用骑鹏翼"，辛弃疾《书东流村壁》作"料得明朝，尊前重见，镜里花难折"，两个四言的句子都不对仗，而李清照《春情》作"清露晨流，新桐初引，多少游春意"，张孝祥《泛洞庭》作"尽吸西江，细斟北斗，万象为宾客"，都是对仗的。

需要特别指出的是，苏轼的名作《赤壁怀古》，此三句应为"故国神游，多情应笑，我早生华发"，前二句是对仗的，但《唐宋词格律》分句成"故国神游，多情应笑我，早生华发"，这就错了。

词中还有三句互相对仗的，谓之为"鼎足对"，如柳永《醉蓬莱》词"玉宇无尘，金茎有露，碧天如水"，魏了翁同调词"诗里香山，酒中六一，花前康节"，杨炎正《柳梢青》"步稳金莲，香熏纨扇，舞转花枝"，李清照《行香子》"甚霎儿晴，霎儿雨，霎儿风"。

但也可以只用前两句或后两句对仗，如僧挥《柳梢青》就作"雨后寒轻，风前香软，春在梨花"，上偶下单；蔡伸同调词就作"满院东风，海棠铺绣，梨花飞雪"，上单下偶。李清照这首《行香子》的上片歇拍"纵浮槎来，浮槎去，不相逢"也是上偶下单。

至于四句相连而对仗的，如张元幹《风流子》(政和间过延平，双溪阁落成，席上赋)：

飞观插雕梁。凭虚起、缥缈五云乡。对山滴翠岚，两眉浓黛，水分双派，满眼波光。曲栏外、汀烟轻冉冉，莎草细茫茫。无数钓舟，最宜烟雨，有如图画，浑似潇湘。　　使君行乐处，秦筝弄哀怨，云鬟分行。心醉一缸春色，满座凝香。有天涯倦客，尊前回首，听彻伊川，恼损柔肠。不似碧潭双剑，犹解相将。

既可以像"山滴翠岚，两眉浓黛；水分双派，满眼波光"，如骈文的扇面对一样，第一句与第三句对，第二句与第四句对；也可以像"无数钓舟，最宜烟雨，有如图画，浑似潇湘""天涯倦客，尊前回首，听彻伊川，恼损柔肠"那样第一二句对，第三四句对。

这些细微之处，就不止要看词谱，更要通过多读同调的词，仔细揣摩，下笔方不致有失。

有一本书，叫作《御选历代诗馀》，是按词调选词，每一个词调下面，都有很多的例词。我们在选填一首词牌之时，先把本书中所选的同调词读一遍，也就熟悉了这个词牌的体格。

学词步骤

明代《草堂诗馀》将词分为小令、中调、长调三种，后人因袭此说，但只是大略言之。清代毛先舒说五十八字以内为小令，五十九字至九十字为中调，九十一字以上为长调，则为胶柱鼓瑟之论了。

万树在《词律·发凡》中反驳说，《七娘子》有五十八字的一体，又有六十字的一体，到底是小令呢，还是中调呢？《雪狮儿》有八十九字的一体，又有九十二字的一体，它是中调呢，还是长调呢？故毛氏的说法不能成立。

其实宋代并无中调、长调之说，而有令、近、引、慢等称谓，那是说的词的音乐形态。

不过，为叙述之方便，我们仍要使用小令、中调、长调的说法，也姑且大略言之吧。

小令与长调的体性差异最明显，故一般都对举出来供讨论。

学词当由学长调入手，先精熟长调，再学小令。

一派观点认为，学词当先学小令，等小令娴熟后，再写长调。持此观点的人，振振有词地说：你看，词最早在《花间集》中，都是小令。北宋初年的词人，也都只是写小令，到了张先、柳永这些人，才开始写长调。我们提倡词由小令学起，正是遵循了历史的发展规律。

诚然，唐五代至宋初词人多作小令，而少见兼擅长调的。其原因朱庸斋先生《分春馆词话》卷二说得很清楚：

> 宋初，何以小令远多于长调，盖其时词人均为诗人，而小令之句式与格律近诗，易于为之，且写来典雅近诗故也。又何以宋初词人多不喜为长调，因其与诗之句式、格律相去太殊也。至民间喜作长调，则因长调乐章较长而又参差错落，远比小令动听也。

唐五代及宋初词人，都是在作诗之馀，偶一为之，他们习惯了作五七言的近体诗，也就把作近体诗的笔法，运用在小令中。而只是到了柳永以后那些专业为词的作家那里，词体才真正成熟，他们作的长调慢词，就比小令更多也更精粹。

长调的句式、格律、笔法、结构，与诗全然不同，乃真所谓"别是一家"，循此以进，才能得词的要眇宜修之致。

认为当从小令开始学词，其理论依据是教育的规律应该是標舉蘇、辛詞爲主，對清眞、夢窗等人看法，殊未公允。蓋胡氏本非詞家，此種三昧未能盡知，惟所取多爲淺近，註釋通俗，頗便於時下初學耳。

一〇

學詞須先從讀詞入手。首先了解作者之時代背景、生平，所謂知人論世。蓋此二點不知，將莫測其中所有。

其次研究作者寫作手法與風格。取大家或有代表性之作家作品，排列比較其手法獨特處、風格不同處。誰易學、誰難學。然後取與自己性近者、易學者先學。

一一

學詞之道，自有其歷程。創作方面，一、先求文從字順，通體渾成。二、次求避俗取深，意境突出。三、表現自家風格，以成面目。水到渠成，不必躐級躐等，對於事物觀察，必須體會入微，如山川草

欲學某一家詞，祇能學其用筆以表達感情，因經歷人各不同，況今古時移世易。

詞有重拙大、有沈鬱頓挫、有濃著濃厚等評語。但非用筆無以表達，故學者用筆以表情達意，從字句學祇能得其形而不能得其神理。

一二

新星出版社

《分春馆词话》内页

先易后难。然而事实上小令就像是诗中的七绝，要想作得好，需要天才，反而更难，不像长调只要肯下工夫，功力到了，自有所得。

朱庸斋先生说："小令尚可凭情致、性灵、巧慧见胜。长调则非具有功力不可。"（《分春馆词话》卷一）

以习字喻之，未经临池习帖之功，而能写出漂亮的字的人有没有呢？有的，而且人数还不少。但那是所谓的"聪明人的字"，不是真正的书法。从小令入手学词，往往可以凭藉着天赋的才华，而写得似模似样，但天才而不济之以学，便绝不可恃，

在内行看来，永远游移于墙外。

有一些学词的人，古人作品读得很少，假使他们从小令开始学词，写出来的词作就多是平淡寡味的白话词，写一首与一千首，都不会有任何区别。而对于已大量背诵过诗词名作的人来说，从小令学起，会以为诗词一家，写出来的小令更像诗，而难以体会词的盘纡曲折之姿、芳馨蕴藉之致。此皆先学小令之失。

朱庸斋先生授词，就是指导学生从模拟长调词入手，而当年跟从您学词的学生，后来都在词的创作方面很有成就。

您认为，学长调词亦须先加选择，像《高阳台》这样的词牌，"平顺整齐，流畅有馀。若不以重笔书之，必致轻浅浮滑之病。故填词者涩调拗句，常易见胜；谐调顺句（尤其平韵者），则不易工"（《分春馆词话》卷二）。

所谓的平顺整齐、谐调顺句，是指词中的句子多为符合近体诗格律要求的律句。这样的词牌，不适合初学者去学。

其实岂但初学者，一些名词人写这类的词也难见工。如清初朱彝尊的《高阳台》：

> 桥影流虹，湖光映雪，翠帘不卷春深。一寸横波，断肠人在楼阴。游丝不系羊车住，倩何人、传语青禽。最难禁，倚遍雕阑，梦遍罗衾。　　重来已是朝云散，怅明珠佩冷，紫玉烟沉。前度桃花，依然开满江浔。钟情怕到相

思路，盼长堤、草尽红心。动愁吟，碧落黄泉，两处谁寻。

这首词有一个凄美的本事。作者小序说："吴江叶元礼，少日过流虹桥，有女子在楼上，见而慕之，竟至病死。气方绝，适元礼复过其门，女之母以女临终之言告叶，叶入哭，女目始瞑。友人为作传，余记以词。"

我每次讲元明清文学，讲到此词，都会告诉学生，这一首词，决称不上杰作。最根本的原因，是诗词都必须是为己的学问，此词全就叶元礼身上着笔，而词人自己并无深切的悲恸，自然就失之于浅，而不能真正感人了。

另外，从句法说，因此词声律极平顺，词人如不懂得用重笔，就会意浅而语滑。朱庸斋先生指出，此词"通篇看来，亦欠浑成，如首两句则轻重不称，上句生动有致，而下句则平庸率易"，其实整首句法都很平，没什么出彩之处。

朱庸斋先生要求学生从多有拗句的涩调词学起，他让学生仿作的第一个词牌是《三姝媚》。按南宋史达祖《三姝媚》词云：

烟光摇缥瓦。望晴檐多风，柳花如洒。锦瑟横床，想泪痕尘影，凤弦常下。倦出犀帷，频梦见、王孙骄马。讳道相思，偷理绡裙，自惊腰衩。　　惆怅南楼遥夜。记翠箔张灯，枕肩歌罢。又入铜驼，遍旧家门巷，首询声价。可惜东风，将恨与、闲花俱谢。记取崔徽模样，归来暗写。

此词一韵一意，层层变换而脉络分明。

上片第一韵写烟光在淡青色的屋瓦上摇荡。第二韵是春暮多风，柳絮纷洒。第三韵因锦瑟横床，而想到这张瑟上曾溅过所思之人的泪，曾照过她红尘中的倩影，这是倒装的句法，实际的意思是"泪痕尘影，常下凤弦"。第三韵的冷寂，与第一、二韵的热闹，顿成对比。

第四韵仍是"想"的宾语，词人想到自与佳人别后，她慵病恹恹，深居内室，懒得出帷幕之外，而时时梦见分别时的情形。"犀帷"，是用薄犀牛皮制成的帷幕，言其华贵。"王孙"，出自淮南小山《招隐士》："王孙游兮不归，春草生兮萋萋。"凡诗词中出现"王孙""春草""萋萋"等辞，皆指送别。

第五韵写出佳人的含蓄矜持，她不想在人前露出相思的软弱，但自家偷偷地整理轻绡制成的裙子，发现都不合身了，因腰身瘦了太多。

过片转为追忆当日，时间是遥远的夜，地点是南楼。

下片第二韵是二人情好相得时的细节。

第三、四韵陡地转写自己此番重来，到处打听她的情况，却得知佳人已逝的噩耗。这样的意思不作交代地陡然转折，前人谓之"空际转身"，最值得学习。

最后一韵，用唐代裴敬中与妓女崔徽相爱，崔徽临死留下肖像送给裴敬中的故事，写自己只能把记忆中的她的形象，图写出来，以永远地怀念着她。

我曾在深圳图书馆要求芸社学员和此词原韵，以咏花为主题来练习。好几位都是平生第一次填词，但因从《三姝媚》这一涩调学起，原作的每一句都要细细揣摩，故能对原作亦步亦趋，一出手就不一样。如：

三姝媚·蔷薇·步韵史达祖

林宏海

红墙妆碧瓦。尽连蔓缠绵，群英漫洒。旧巷深深，又生香鲜色，几回花下。自在往来，谁艳羡、文君司马。秀句难寻，野客名留，莫称裙衩。　　谁念江南夏夜。忆伴月观星，独斟休罢。梦里还愁，见佳期终误，了无名价。且放由他，更不惧、匆匆花谢。犹记黄金买笑，娟娟待写。

他的结句，用《贾氏说林》里的典故：汉武帝与丽娟同看花，蔷薇始开，态若含笑，帝曰：此花绝胜佳人笑也。丽娟戏曰：笑可买乎？帝曰：可。丽娟遂取黄金百斤，作买笑钱奉帝，为一日之欢。蔷薇名买笑，自丽娟始。

又如邵洋同学咏梨花的《三姝媚》：

香风摇碧瓦。望寂寞幽庭，霜华如洒。雨锁重门，映帘枕人影，玉阶廊下。倦理云鬟，频梦见、故园骄马。未解相思，偷点梅妆，碎沾裙衩。　　犹记琼楼暗夜。正皓腕香凝，醉吟歌罢。又入窗棂，问佳期樽酒，此情何价。可恨春愁，偏不与、此花俱谢。惆怅东阑开遍，音书暗写。

邵同学在参加芸社学习之前，已尝试作过一些长调，但都不见佳，然而一经临摹史达祖的名作，就通首浑成了。这是一首非常有词味的词，特别是"可恨春愁，偏不与、此花俱谢"，意思清新，情致深挚，十分难得。

又如陶娜同学的作品：

纤香浮翠瓦。纵玉润冰清，奈何飘洒。堕粉微尘，忆雪香云蔚，月前窗下。熠熠芳华，怎料得、都随风马。心付哀筝，语寄斜阳，泪沾裙衩。　　犹记高原澄夜。对万里清辉，酒阑歌罢。遥望乌孙，是三生痴念（琵琶幽怨），赤心无价。怎奈娇娥，却付与（共得）、胡沙凋谢。从此青山虽在（千山留影），音书难写。

陶娜同学已有诗学基础，但很少填词。此词咏落樱，实则借落樱而悼念一位在乌孙古道旅行时遇难的芳龄廿四的友人，通首亦浑成。我只把她下片的"三生痴念"改作"琵琶幽怨"（传说西汉刘细君远嫁乌孙，遂作琵琶），"付与"改成"共得"，"青山虽在"改作"千山留影"，以让意象与意象之间产生更紧密的联系，其他一无所改。

从以上三位芸社学员的习作可以看出，只要学词得法，着力摹拟涩调，是很容易入门的。

我的教学经验是要么用《三姝媚》开蒙，要么用吴文英的《宴清都·连理海棠》开蒙，但一般都让学生先从咏物开始。

这样有两大好处，一是逼着学生先根据要咏之物，去翻检类书，这样他就知道了很多的典故，也从前人咏物之作中学到了如何活用典故；二是可以借咏物而寄托自己的情感故事，这样才会言之有物而又不失蕴藉深婉。

词的用笔

近代以来说词之士，多喜引用王国维的《人间词话》。王国维此书是用西方文艺理论解赏中国古典文学的滥觞，为中国学术开辟了一条全新的道路，故而影响极大。

此书之作，是为了树立起作者的词学观，好为他自己的《人间词》张目。所谓的"人间"，并不是汉语中"人世间"的意思，而是用的这个词在日文中的意思，即人、人类。现代作家周作人与他的兄长鲁迅决裂，写了一封绝交信，信中说"大家都是可怜的人间"，也就是"大家都是可怜的人类"。

《人间词》即"为人生的词"，《人间词话》也即"为人生的词话"。故《人间词话》虽是在评词，其用心则在哲学。王国维通过《人间词》去探究人生的意义、生命的终极，又通过《人间词话》评述古人，希望拿出一套为大家所公认的词的美学原理，而树立自己在词坛的地位。

此书蹈空立论，明为文学，实为哲学，只字未提填词具体该如何实践，也未讲王国维作为词人的甘苦之言，其评词有参考价值，但用以指导创作则不行。

在历代词话中，唯有朱庸斋先生的《分春馆词话》（下简称《词话》）才削去一切浮言，专讲填词的理论。

朱先生一辈子填词教词，其分春馆成为近五十年文言诗文传承的重镇，门下弟子多人已成为当代知名的合学者、诗人、书画家于一身的文士。《词话》一书，是朱先生的度人金针，循着此书开示的门径，自不难填出优美的词作。

此书集填词理论之大成，在历代词话中绝无仅有，也被当代不少词人奉作枕中鸿秘。

《词话》论填词，最重要的技法是"用笔"。《词话》卷一有云：

> 用笔之法，前人有"一气贯注，盘旋而下"者，有"着重上下照应"者，有"无垂不缩、无往不复"者，即用笔将说尽而又未尽，此手法梦窗所惯用。具体而言，即在一组之中，将意道出又使不尽，而另用笔转换别一意境，常州派所谓"笔笔断、笔笔续"，乍看似不相衔接，实则其中有脉络贯注。陈述叔先生于此特标出一"留"字，金针度人，有益于词界匪浅。时人为词，每多陈近平熟之语，亦由未悟此"留"字耳。

陈述叔即陈洵，是朱庸斋先生的老师。他的词话《海绡说词》中专有一条，题曰《贵留》：

词笔莫妙于留，盖能留，则不尽而有馀味。离合顺逆，皆可随意指挥，而沉深浑厚，皆由此得。虽以稼轩之纵横，而不流于悍疾，则能留故也。

朱庸斋先生具体解释说："'留'者，指用笔，即欲尽不尽、无垂不缩之意耳。"（《分春馆词话》卷一）

无垂不缩是书法中的概念，意为竖画终了，要有一回笔的动作，要保证笔锋最后垂直于纸面，这样笔画才有力量，而又含蓄内敛。

南宋词人中刘过、刘克庄的词多是用古文的笔法去写词，不懂得"留"，故前人目之为叫啸，但辛词就在纵横的奇气中善于"留"，遂有了可以反复诵读的味道。

如他的《摸鱼儿》（淳熙己亥，自湖北漕移湖南，同官王正之置酒小山亭，为赋）：

更能消、几番风雨。匆匆春又归去。惜春长恨花开早，何况落红无数。春且住。见说道、天涯芳草迷归路。怨春不语。算只有殷勤，画檐蛛网，尽日惹飞絮。　　长门事，准拟佳期又误。蛾眉曾有人妒。千金纵买相如赋，脉脉此情谁诉。君莫舞。君不见、玉环飞燕皆尘土。闲愁最苦。休去倚危楼，斜阳正在，烟柳断肠处。

词表面上写伤春，但实际上写的是政治。

辛弃疾是从北方沦陷区起义而投顺南宋的，他的毕生理想，在北伐中原、恢复汉唐故地。宋孝宗继位后，有过一段短暂的力谋恢复、励精图治的春光，但这春光很快便消逝了。词的开头二句，力破馀地，情感极其充沛而奔放，但他用"惜春长恨花开早，何况落红无数"一句，立刻转为蕴藉深沉。这是先提后顿的用笔法。

"春且住"二句，笔锋又一转，纵横跌宕，极尽腾挪闪转。

"怨春不语"以下三句，用笔就像是书法中收笔的那一竖，又把笔锋收了回来。"画檐蛛网"，喻指主和的朝臣。

过片由"长门事"直至"脉脉此情谁诉"，都是用汉武帝的皇后陈阿娇故事。传说她失宠后，以千金请司马相如写《长门赋》，冀以重获君心。

词人以陈阿娇自况，"准拟佳期又误"，是说皇帝本来是要支持恢复事业的，最终却又变卦了。这里没有转折，是"一气贯注，盘旋直下"的笔法。

"君莫舞。君不见、玉环飞燕皆尘土"，是劈空而来的议论。君，指的是席间唱词的歌伎。这三句的意思是，你这位在筵前歌舞的佳人，难道没有看见，即使是杨玉环、赵飞燕那样的倾国之色，也被人视为尘土？词人这话似是对歌伎言，实际是在感慨自己，徒有经国之才，却不得一用。

这样的用笔，就像书法大家，笔画横逸旁出，虽不符合字的结体规范，却天真烂漫，别有奇趣。但这种用笔法，是天才的杰构，一般人很难效仿。

"闲愁最苦"以下四句，又是无垂不缩之笔，要说的话正是欲尽而未尽。意思是：不要到高楼上徙倚，斜阳正在那烟柳销魂荡魄的地方呢！斜阳，是指宋孝宗。

吴文英的《宴清都·连理海棠》，更是"无垂不缩，无往不复""笔笔断，笔笔续"的代表作之一：

> 绣幄鸳鸯柱。红情密，腻云低护秦树。芳根兼倚，花梢钿合，锦屏人妒。东风睡足交枝，正梦枕、瑶钗燕股。障滟蜡、满照欢丛，嫠蟾冷落羞度。　　人间万感幽单，华清惯浴，春盎风露。连鬟并暖，同心共结，向承恩处。凭谁为歌长恨，暗殿锁、秋灯夜语。叙旧期、不负春盟，红朝翠暮。

这首词要咏两株枝和根合生在了一起的海棠。其构思过程是，先想到一个关于唐明皇、杨贵妃的著名典故：明皇诏太真妃子，时醉酒未醒，明皇笑说，哪里是妃子醉？真海棠睡未足耳。由这个典故，再联想到李、杨爱情，于是"春寒赐浴华清池""始是新承恩泽时""秋灯挑尽未成眠""七月七日长生殿，夜半无人私语时"这些句子就在吴文英的心上流过。

他用人间爱情的不可靠，与连理海棠的"叙旧期、不负春盟，红朝翠暮"做对比。借歌颂连理海棠的年年不负春光，来批判人间的负心行为。难怪朱祖谋评价最后两句说："濡染大笔何淋漓。"特别指出结拍用笔的沉着。

此词用笔，真做到了如朱庸斋先生《词话》所说的："将意道出又使不尽，而另用笔转换别一意境"，"乍看似不相衔接，实则其中有脉络贯注。"

"绣幄鸳鸯柱"直到"花梢钿合"，都是在铺叙连理海棠枝柯交倚、花繁叶茂的样子。而接以"锦屏人妒"四句，立刻转为一新的意境。花梢钿合的钿，本指用金玉嵌成的首饰盒，这里活用为副词，是指花梢像镶嵌起来的那样密合。

然而"锦屏人妒"之意并不道尽，又反用《太真外传》的典故，说这是睡足的海棠，它的相交的枝条，就像杨妃醉梦的枕边所遗落的钗股。

"锦屏人妒"的意思断了吗？没有。反而更进了一层，他写蜡油盈盈如水（澹），在烛光的照耀下，连理海棠透露出无限的欢欣，岂但"锦屏人妒"，连月中的嫦娥也要自伤孤单。

过片"人间万感幽单"一句，把人世间真情难得，爱情稀缺而不长久，给明白点出，笔力千钧。但此意一句便断，不再说下去，而转为写李、杨相欢爱时的美好。

"向承恩处"是上一下三的尖头句法，我们写《宴清都》词也须特别留意。到底承恩的欢乐如何呢?《长恨歌》诗中所写的"春宵苦短日高起，从此君王不早朝。承欢侍宴无闲暇，春从春游夜专夜。后宫佳丽三千人，三千宠爱在一身。金屋妆成娇侍夜，玉楼宴罢醉和春"在词中全然不见了，马上就转为明皇在赐死玉环后，虽未失去江山，却失去权力，在深宫中对着秋灯怀念杨妃的场面，这样的用笔，又是若断若续的。

最后，则用"叙旧期"二句无垂不缩、无往不复的笔法，回到连理海棠本身。

一气贯注而盘旋直下的用笔，柳永最善为之。他的名作《八声甘州》：

> 对潇潇暮雨洒江天，一番洗清秋。渐霜风凄紧，关河冷落，残照当楼。是处红衰翠减，苒苒物华休。唯有长江水，无语东流。　不忍登高临远，望故乡渺邈，归思难收。叹年来踪迹，何事苦淹留。想佳人、妆楼颙望，误几回、天际识归舟。争知我、倚阑干处，正恁凝愁。

上片九句四个韵，下片九句四个韵，直可以当作两句来读，没有停顿，没有转折，但每一韵又有意思的递进，情感的波澜，故所谓"一气贯注，盘旋直下"。既要能贯注，又要能盘旋，不能直来直去，那样就没有词味了。

又像周邦彦的《满庭芳·夏日溧水无想山作》：

> 风老莺雏，雨肥梅子，午阴嘉树清圆。地卑山近，衣润费炉烟。人静乌鸢自乐，小桥外、新渌溅溅。凭阑久，黄芦苦竹，疑泛九江船。　　年年如社燕，漂流瀚海，来寄修椽。且莫思身外，长近尊前。憔悴江南倦客，不堪听、急管繁弦。歌筵畔，先安簟枕，容我醉时眠。

词的上片，由"风老莺雏"到"新渌溅溅（联绵词，念jiānjiān），也是一气贯注盘旋直下的笔法，我们读来是十分顺畅的。

而"凭阑久"三句，作为收笔就有了收缩，此三句暗用白居易《琵琶行》之语典"住近湓江地低湿，黄芦苦竹绕宅生"，及白诗序文中"元和十年，予左迁九江郡司马"，周邦彦的谪居之慨，在这里表现得十分含蓄。

下片用笔就有了转折。过片三句，是说自己像春社时来、秋社时去的燕子一样，从大海飘流到南方，到人家的长屋椽上垒巢。

注意"年年"二字有句中韵，即"年"字虽是一个句子中的成分，但它也入了韵，这是《满庭芳》词的基本格律要求。

这三句相对上片另起一笔，笔势放了开去，"且莫思身外"二句则又把笔势收回，照应上文的"凭阑久，黄芦苦竹，疑泛九江船"，因为那些都是身外事呵！

"憔悴"二句，用笔又作一扭转，意为长近尊前就能忘记身外无穷事了吗？否！他听到急管繁弦，想起谪宦生涯，忍不住悲从中来。

结拍"歌筵畔"三句，用笔转为从容和雅，是无垂不缩的笔法。

周邦彦的词多化用唐人诗句，而浑然天成，是用语典的圣境。此词中"风老莺雏，雨肥梅子"化用杜牧"风蒲燕雏老"（《赴京初入汴口》）及杜甫"红绽雨肥梅"（《陪郑广文游何将军山林》），"午阴嘉树清圆"化用刘禹锡"日午树阴正"（《昼居池上亭独吟》），"修椽"出自杜甫诗"大屋尚修椽"（《陈拾遗故宅》），"且莫思身外，长近尊前"化用杜甫"莫思身外无穷事，且尽生前有限杯"（《绝句漫兴》）及杜牧"身外任尘土，尊前极欢娱"（《张好好诗》）。很多人作诗词总也不雅，根本原因便在于不善于用语典。

朱庸斋先生最了不起的见解，是认为学词从唐宋学起，难有所得，反而是从晚清民国的词人入手，易有所树立。《词话》卷一有云：

> 余授词，乃教人学清词为主。宗法清季六家（蒋、王、朱、郑、况、文）及粤中之陈述叔，祧于两宋，对于唐五代词，宜作为诗中之汉魏六朝而观之，此乃所持途径使然。

故凡学词者，如只学宋周、史、姜、吴、张等，学之难有所得。惟一经学清词及清季词，则顿能出己意。此乃时代较近，社会差距尚不甚大，故青年易于接受也（清季词多结合时事，益易启发学者）。

他认为当学晚清六家：蒋春霖、王鹏运、朱祖谋、郑文焯、况周颐、文廷式，以及广东的陈洵。学这七家词，一因时代接近，易生情感的共鸣，特别是清末的词大多结合了当时的时事，用寄托的手法来写，更加容易启发学者；二因他们本是学古有成的大家，学了他们的词作，比直接揣摩宋之词人，更有涂轨可寻。

这是极高明的卓识。其实岂但学词当由近代入手？学诗如果从清末的"同光体"入手，一般也要比学唐诗的更易入门，写得也更好。毕竟，只有能关注现实、无负时代的诗词，才是一流的作品。

后　记

　　2017年的秋天，《中华读书报》主编王玮先生，通过好友王洪波学兄找到我，商议由我主笔，在该报开设专栏，专讲诗词写作的诸种问题。此前我已有《大学诗词写作教程》一著出版，深荷读者的眷爱，想来写此专栏岂不甚易，乃率尔应允。谁知临动笔方知其难。我写《大学诗词写作教程》时，因心中已明确，此书受众是大学中文系本科高年级的学生，我对他们的知识积累了解较深，故写来毫不费力。而要写给诗词零基础的读者，使他们明白诗词的体性特征、好诗好词的标准，以往的教学经验全不适用，遂久久艰于落笔。

　　幸好从2018年3月起，蒙沈金浩教授推荐，我得以在深圳图书馆著名的文化品牌沙龙"南书房夜话"主讲了多期以"诗词欣赏与写作"为主题的讲座。参加学习的都是深圳市的普通市民，大都从未创作过诗词。我在点评他们的习作时，逐渐发现哪些知识是他们最欠缺的，哪些问题是他们亟须解决的，也就知道了普通的诗词爱好者该经由怎样的训练，才能写出较好的诗词作品。

我以前一直较关注诗词写作的理论问题，当代人写的教诗词作法的书，历年来读得不少。为准备这个专栏，我还特地购买了一套《民国诗词学文献珍本整理与研究》，泛览了民国各家讲授诗词作法的著作。但是很可惜，从晚清民国直至当代，这类著作里能让人眼前一亮的实在少之又少，讲格律大多千人一面，陈陈相因，偶涉创作的技巧，又多蜻蜓点水，难见深入。我在读这些书的时候，总是在想：读者真的可能靠读这些书学会诗词写作吗？作者写这样的书，到底有没有把读者放在第一位？

民国学者的诗词创作学著作中，较有理论体系的，我所见只有邵祖平先生的《七绝诗论》，及夏承焘先生的《作词法》、徐英《诗法通微》而已，后两种亦嫌太简。当代论著，自以何敬群先生的《益智仁室论诗随笔》及朱庸斋先生《分春馆词话》最称精审。何先生的著作是用文言写成，言简意赅，我读来只觉字字珠玑，但普通读者恐难循途直入。《分春馆词话》是填词理论和法度的集大成者，这是历代词话所从未达到的成就。而朱庸斋先生最大的贡献，是明白归纳出习词的基本门径，即：像学习书法艺术一样地去学填词，从步韵开始去临摹名家名作。这种方法同样适用于诗，也适用于一切艺术的学习过程。

本书所讲授的学习方法，即依《分春馆词话》而来。诗详而词略，因已有《分春馆词话》珠玉在前，我也就可以偷下懒了。词的部分只讲了长调，未谈小令，因小令的用笔，与绝句律诗差不多，不必再重复。本书说诗论词，都围绕何敬群先生的诗学思想展开。当代颇有参伍西方文艺学理论而论诗的著作，但求之愈深，去诗愈远。大道至简，何先生所讲的"诗法不外空间、时间、感想，与借题发挥四事之互为综错"一语，已把诗的奥秘尽泄无遗。学者诚能在此四事上多下工夫，自不难作出佳美的诗词。

本书意在示诗词爱好者以入门之正轨，故特别强调学习诗词的门径与方法。但再好的方法，也只是火种，如果没有充足的燃料，也烧不出烛天的火焰。深圳大学一位选修了我的《诗词写作与吟诵》课程的同学来信求教，说她在图书馆翻阅了很多关于诗词写作与赏析的书，觉得都没我讲得好，但听了我的课，自己的创作水平仍是难以提高，不知何故。我答道："老杜诗云：'读书破万卷，下笔如有神。'又勉励其子宗文、宗武：'熟精文选理，休觅彩衣轻。'你现在遇到的问题，是读得太少背得太少的缘故。建议背诵喻守真先生《唐诗三百首详析》、龙榆生先生《唐宋名家词选》，必有大进。"这世上绝没有任何帮你速成的秘笈，本书能做的，也只是让你在学诗时少走弯路罢了。

本书在《中华读书报》国学版连载时，专栏名叫作《怎样学写古诗词》，现在成书则定名为《诗词入门》，乃因不止诗词创作可循此而入门，诗词欣赏也可经由此道登堂入室。张志岳先生《与青年朋友谈怎样欣赏旧体诗词》一文，开头就明确道："要学习旧体诗词，也就必须会写作旧体诗词，而且还必须写得比较好。只有这样，自己对创作的甘苦有了一些体会，才能对古人的杰作体会得更深刻一些。"

而学术大家程千帆先生在他的名文《学诗愚得》中也指出："要对古典诗歌进行阅读、欣赏和批评，就必须不断地提高自己对具体作品的感受力，而提高这种能力的主要方法之一，便是学习创作。……从事文学批评的人，不能自己没有一点创作经验。创作实践愈丰富，愈知道其中的酸甜苦辣，理解他人作品也就愈加深刻。……如果说我的那些诗论还有一二可取的话，那是和我会作几句诗分不开的。"

另一位学术大家钱仲联先生则说："眼下有些人号称鉴赏诗、注释诗、研究诗而不通音律，不能为诗，甚至不辨平仄，致使其对诗歌的理解和阐说往往是雾里看花，隔靴搔痒，有时还会闹出常识性的笑话来。这样的教训是应该记取的。因此，我作诗填词，为骈散文，终身不辍。"（《钱仲联学述》）

我学诗垂三十年，教人作诗复又十馀年，深知上引诸家之论，诚是磐石不移。每当看到不知诗不懂诗的明星学者，频频推出他们的灾梨祸枣的著作，我都五内如焚，更感肩头责任之重大。我热切地期望，本书不止能教会更多人诗词写作，帮助诗词爱好者写出令自己满意的作品，也能帮助更加广泛的人群去欣赏诗词，对那些不朽的作品悠然心会。事实上，任何一位学会了写作的诗词爱好者，都会发现自己的诗词欣赏水平，会有很大的提升。

今年是己亥年，一百八十年前的己亥，诗人龚自珍写下了总共三百一十五首的《己亥杂诗》，诗中有"药方只贩古时丹"之语。本书也是贩来的一粒"古时丹"，因本书所讲的学诗的方法，早经两千多年的诗文传习的历史所证明，的确是切实可行的。任何有志于诗学的人，只要肯按照本书所讲的方法，勤于背诵临摹，自不难写出合格的诗词，更不难对历代名篇产生独特的体悟。本书更希望能成为当代诗坛的一剂良药，以医治粗鄙、庸滥、浅滑的流行病。毕竟，诗的根本功用，是让我们的心灵更加美好，只有不息地追求高雅，我们的心灵才能有向上的可能。

岁次己亥，节当小雪，徐晋如康侯父记于古宣武之丽隐楼